shadow
assassins
world
シャドウ・
アサシンズ・
ルド
2
～影は薄いけど、
最強忍者やってます～
空山トキ
Ill. 伍長
JN179678

「さっきから私たちの後ろを付いてきてる人たち、そろそろ出てきたら？」

そうクロが告げると、広間の入り口付近から三人の暗殺者が姿を現した。

「はじめまして〜アイラちゃんで〜す」

アイラ
Aira

ラーネ
Lane
「紹介するわ。私のクラン《コープスベル》のメンバー、ルーベとアイラです」
ルーベ
Lube
「……どうも」

「やったな〜。そりゃ！」
「きゃッ」
Saya Kisaragi
如月 小夜

明美の反撃により、
小夜はもろにお湯を顔に浴びる。
Akemi Asakawa
朝川 明美

クロ
Kuro
ヒカリ
Hikari

エリカ
Erika
ミヤビ
Miyabi
シャッター音で切り取られたのは、
お世辞にも綺麗な格好とはいえない、
ボロボロな姿の少女たち。
だがその表情は、
これ以上ないほど最高の笑顔だった。

contents

シャドウ・アサシンズ・ワールド2

～影は薄いけど、最強忍者やってます～

空山トキ

講談社ラノベ文庫

口絵・本文イラスト／伍長
デザイン／たにごめかぶと（ムシカゴグラフィクス）
編集／庄司智

Prologue

「だ〜れだ？」

そんな声と共に。放課後の廊下を歩いていた如月小夜《きさらぎさや》の視界を、柔らかいものが優しく覆い隠した。

温かい、それに、なんだか凄《すご》くいい香りがする。

すぐに犯人が分かった小夜は、背後でニヤニヤしているであろう少女の名前を口にした。

「……明美《あけみ》」

「わ！　すっご〜い！　大正解！　小夜っちってもしかして超能力者!?」

小夜の顔を覆っていた両手がぱっと離れる。

背後を振り返ると、そこには明るい茶髪の美少女——朝川《あさかわ》明美が窓から差し込む夕日に照らされていた。

その姿を見て、相変わらず綺麗《きれい》だなぁ。と小夜は思う。

「ねえねえ、なんでアタシだって分かったの？」

「別に……なんとなく……」

歩きだしながら答える。

すると明美は「え〜本当かな〜？」と、ニヤつきながら小夜の顔を覗《のぞ》いてきた。

ムカつく笑顔だ。でもまあ、嫌いではない。

それに、本当は明美だと分かったちゃんとした理由もある。

(だって、学校で私に話しかけてくる人間なんて明美くらいしかいないし……)

小夜は人よりも影が薄い。

それは生まれついての特性であり、恐らくこれから先も付き合っていかなければならない呪いのようなものだ。

しかし、何故《なぜ》か明美は小夜のことを普通に認識できる。

明美の感覚が他の人間よりも鋭いのか、それとも何か他の要因があるのかは分からない。

でも見えている。見てくれている。小夜のことを、一人の友人として。

その事実が、小夜にとってはこの上なく嬉《うれ》しいことだった。

「——それで、明美は私になにか用事があったんじゃないの?」

「あ、そうそう。実は小夜っちと二人で見たいものがあってさ」

「見たいもの?」

◆□◆

「それでは、まもなく上映を開始しま~す！　はい、拍手！」

「はいはい……」

小夜は明美に言われるがまま、パチパチと乾いた拍手をした。

ここは校内にある視聴覚室。そこで今、二人は壁に設置されたスクリーンの前に椅子を横に並べて座っていた。

どうやら今からスクリーンに映し出すものが、明美の言う『二人で見たいもの』らしい。

明美が携帯を操作すると、無線接続したプロジェクターが起動。動画の再生が始まった。

スクリーンに映し出されたのは、動画サイトにアップロードされたショートムービー。

その映像内では、個性豊かな見た目をした者たちが激しい戦いを繰り広げていた。

「きゃあああああ！　見て見て小夜っち！　今アタシたち映ったよ！」

「私たちっていうか、アバターね」

映像には小夜と明美の姿もあった。

しかし、それは今ここにいる現実の姿とは少し違う。

小夜は《クロ》、明美は《ヒカリ》という仮想現実用のアバターとして動画内に登場していた。

今、二人が見ている映像は全て仮想現実——つまりゲーム内での出来事なのだ。

《シャドウ・アサシンズ・ワールド》。通称シャドアサ。

それが二人のプレイしているフルダイブ型ＶＲＭＭＯＲＰＧの名前である。

プレイヤーは様々な種族や文明が混ざり合う架空の異世界で暗殺者となり、磨き上げた技術、数多《あまた》の武器やスキルを駆使して最強を目指す。——というのが基本コンセプトとなっている。

小夜はクロ、明美はヒカリとしてシャドアサ内で偶然出会い。師弟関係を結び。そして一緒に協力して大型対人戦イベント《ALL KILL FESTIVAL《オールキルフェスティバル》》（略称AKF）で見事優勝を果たした。

まあその間、現実世界では小夜が自分の正体を隠したり、そのことで悩んだり、病院で泣いたり、友達になったり、と色々青春めいたイベントもあったりしたのだが。


「ん〜！　やっぱり大画面で見ると迫力があるね〜！」

「それについては同感だけど、これを一緒に見る為《ため》に声をかけたの？」

小夜が明美の顔を覗き込むと、目が合った。

「うん！　だって小夜っちと一緒に見た方がぜ〜ったい楽しいと思って！」

「——ッ」

明美の言葉に、小夜の鼓動がドクンッと高鳴った。

どうも明美の感情表現は、時折ストレートすぎて心臓に悪い。

小夜は紅潮する顔を誤魔化すように、スクリーンに視線を戻す。

小夜がシャドアサを始めてから、現実世界で変わったことがある。

それは、こうして明美と学校で話すようになったことだ。

通学路で会えば一緒に登校するし、時々一緒に下校したりもする。

ただ明美は他にも友人が大勢いるので、一日中小夜と一緒にいるわけではない。

小夜自身が明美の友人たちとも仲良くできればいいのだが、まだ心の準備ができておらず、輪の中に入るのは保留にしている。

それでも明美はうまく小夜との時間を作ってくれているので、これといって不満があるわけではない。

むしろ、忙しい中で交流を持ってくれて感謝しているくらいだ。


ただ最近、小夜にはある悩みごとがあった。


それは明美が教室で、他の友人たちと楽しく話している時によく考えてしまうこと。

今まで友達がいなかった小夜にとっては初めての感情で。

どう向き合えばいいのか分からない厄介な考えで。

いくら考えても答えの出ない難問。


「…………」

小夜は自分の横で映像に夢中の明美を見る。

朝川明美。小夜にとっては初めての友達。そしてゲームの中では可愛《かわい》い愛弟子《まなでし》。

照れくさくて口にこそ出さないが、たぶん小夜にとって特別な存在だ。

だからこそ、考えてしまう。
——どうすれば、もっと明美と仲良くなれるんだろう？

第一章　結成

《シャドウ・アサシンズ・ワールド》のフィールドマップは非常に広大である。

一部の熱心な考察班によれば、地球と同サイズの惑星を丸ごと再現しているとさえ噂《うわさ》されているほどだ。

大陸、孤島、地下空洞など、既に発見されているものからマッピングされていない未開の地まで、その総数はまさに甚大の一言に尽きるだろう。

そんなシャドアサ内で最もマッピングが進んでいる南大陸側に《アルスハイド》という街がある。

周囲が森に囲まれた中世風の街で、中級～上級の暗殺者たちが多く集う場所だ。

街中にいくつも点在している酒場やレストランは暗殺者たちのたまり場になっており、そこでは日々様々な情報交換、アイテムトレード、クランへの勧誘等《など》が行われている。

そして現実時間の午後八時頃。シャドアサ内でもすっかりと日が暮れ、空には日によって色と数が異なる月が四つ出ている時間。

《アルスハイド》の街中にある大衆酒場。

その円形テーブルには四人の少女が座っていた。

夜がとけたような黒髪。カラスのような漆黒の衣装を纏《まと》っているのがクロ。

眩《まぶ》しい金髪のポニーテール。可愛《かわい》らしい桃色の忍装束《しのびしょうぞく》を着ているのがヒカリ。

狐耳《きつねみみ》が生えた紫陽花《あじさい》色のボブカット。どこか妖艶な巫女服《みこふく》を着こなしているのがミヤビ。

二つに結ばれた長い赤髪。ミニスカートの軍服に袖を通しているのがエリカ。


この四人は前回の《ＡＫＦ》で一度戦い、現実世界でも友人となった間柄だ。

知り合ってからは時間を見つけて、全員で仲良くシャドアサをプレイしている。

「え～、今日は正式にクランの登録申請をしようと思います」

「「「いえ～い！」」」

クロの言葉にヒカリ、ミヤビ、エリカがハイテンションな歓声をあげた。

「いや～ついに正式登録ですか～。なんかワクワクしますね！」

「せやな。うちもエリカも、クランに入るのは初めてやから楽しみやわ」

「それはミヤビが『性格が良くて可愛い女の子としか組みたくな～い』って、ずっとこだわってたからでしょ」

「まあまあ、ええやんか別に。今はこうしてうちの理想やったハーレ……クランが目の前にあるんやから！」

「今ハーレムって言いかけなかった？」

「言いかけましたね」

「あ〜、クロもヒカリも気にしないで。アレはミヤビの発作みたいなものだから」

そもそも、この四人でクランを結成することになった経緯。

それはクロとヒカリが《ＡＫＦ》の予選で消化不良になっていた戦いのやり直しを、ミヤビとエリカに申し込んだ時に『私たちが勝ったら一緒にクランを作って欲しい』とお願いしたからだ。

勝負の結果は激戦の末にクロとヒカリが勝利。

晴れてクランの結成が決定したわけなのだが、未だ《いま》正式な登録は完了していなかった。

何故《なぜ》なら、クランの設立にどうしても必要な項目が足りていないからである。

クロは改めて、今日の集まりで最も重要な議題について口にした。

「それじゃあ、そろそろ決めましょうか。私たちのクラン名を……」

クラン名。それこそがクロたちが未だにクラン登録をできていない最大の理由だった。

なにしろ登録の際、クラン名の欄を空白で出すことがシステム上不可能であり、しかも一度登録してしまうと、その後の変更は絶対にできない仕様になっている。

にもかかわらず、未だに全員の意見がまとまらない状況がもうかれこれ一週間ほど続いていた。

毎回話し合っては結局決まらず後回しにしてきた結果である。

「今日こそは名前が決まるまで徹底的に話し合うわよ！」

「「「おー!!」」」

そして少女たちによる熱い（？）クラン名会議は始まった。

ここからは互いが意見を出しつつ、話し合いを進めて——

「因《ちな》みに私は新しく《暗黒響団《あんこくきょうだん》ブラックパレード》と《滅殺魔境同盟《めっさつまきょうどうめい》ダークアライアンス》っていうのを考えたんだけど。みんなはこれについてどうおも——」

「やっぱりアタシはメンバー全員に因んだネーミングがいいと思うわけですよ」

「それはうちも同感やな。こういうのは覚えやすいシンプルな方がええと思うわ」

「わたしはカッコイイのがいい！」

「なんでこの話になるとみんな私を無視するの!?」

先程まで四人で仲良く話していたはずなのに、クロは一人だけ場外へ弾《はじ》きだされたような感覚に陥った。

おかしい。クロの予想では素晴らしい二つの候補に全員が感銘を受け、どっちの名前にするかで意見が二つに割れ、熱い討論が始まるものだとばかり思っていたのだが。どうも別の方向に話が進んでいる感じだった。

「え、そんなにダメかな？《暗黒響団ブラックパレード》と《滅殺魔境同盟ダークアライアンス》。凄《すご》く自信があるんだけど。ちゃんとロゴも考えてきたんだよ？ほら見てよ」

「師匠。せっかくみんなが優しさでなかったことにしようとしてくれてるんですから、蒸し返さないでください。あとその修学旅行で男子中学生が買いそうな剣風ロゴもヤバいんで」

「クロちゃん。悪いことは言わんから、うちらにドーンと任せとき。さもないと将来、羞恥で死にたくなるで」

「あ……は、はい……」

ヒカリとミヤビのどこか圧を滲《にじ》ませた笑顔に気圧《けお》され、クロは泣く泣く自分の案を取り下げることにした。

それから約二時間後。激論の末、ついにクラン名が決定した。

《リアンシエル》。和訳すると《空の絆《きずな》》という意味になる。

まずヒカリの「メンバー全員に因んだネーミングがいい」という意見には全員が賛同した。だがアバター名であるクロ、ヒカリ、ミヤビ、エリカから共通点を見つけるのは難しいという結論に至った。

そこでミヤビが「だったら本名で考えたらええやん」という妙案を閃《ひらめ》き、如月小夜《きさらぎさや》、朝川明美《あさかわあけみ》、天野宮子《あまのみやこ》、赤星英梨《あかほしえり》――全員の本名に『空』を連想する文字が含まれていることに着目。

フランス語で『空』を意味する『シエル』と絆を意味する『リアン』を合わせて生まれ

たのがこの名前だ。

因みにロゴは後日、デザインの知識とセンスがあるヒカリが作ってくれるとのこと。

後は専用画面で全員のアバターデータを登録し、ギルドへ送信するだけだ。

ただ登録を済ませる前に、クロとしては全員にもう一度確認しておかなければならないことがある。

「あのさ、今更なんだけど。本当に私がリーダーでいいの？」

「なに言ってるんですか師匠。師匠以外にリーダーが務まりますか？」

「うちらはクロちゃんについていくって決めてここにおるんやで。できれば、その気持ちを受け取ってくれるとありがたいな～」

「まあ、わたしは別にリーダーやってあげてもいいけど。それはわたしがクロより強くなった時にとっておくわ！」

「……そっか、ありがとうみんな。それじゃあ――」

クロはクラン登録用のウィンドウを操作して、全員に招待メッセージを送った。

《クランへの招待が届きました。加入しますか？》

「師匠、これってどうすればいいんでしたっけ？」

「メッセージに手をかざすだけでいいわ。後はシステムがアバターのデータを読み取ってくれるから」

「なるほど、こうですかね」

「うっさいわエリカ。承認くらい普通にやれや」

「うおおおお！　クラン加入！　承オオオオオ認!!」

クロ以外の三人がウィンドウに手をかざすと、承認登録のシークエンスバーが横に伸びていく。

数秒後、全員のウィンドウに《加入完了》の文字が表示された。

そしてクロはクランのリーダーとして、仲間である三人の少女を見据えながら告げる。

「ようこそ《リアンシエル》へ」

◆□◆

なぜ今までソロプレイを続けていたクロがクランを作ろうと思い至ったのか。

それは次回で三回目となる《ＡＫＦ》がチーム戦になる可能性が高いという噂を聞き、早急にメンバーを確保したいと考えたからだ。

しかし、なにもそれだけというわけでもない。

実は《ＡＫＦ》が終わった後、運営からこんな告知があった。

『ＨＥＹ！　全マルチバースのシャドアサユーザーの諸君！　今日はなんとシャドウ・アサシンズ・ワールドの大型アップデートについて告知しちゃうんだっぜ！　担当はお馴染《なじ》み、超絶怒濤《どとう》の売れっ子スーパーカリスマバーチャルアイドル、寧々村《ねねむら》ネムちゃんだぜ！』

『語呂が悪い肩書だな』

『おうおう、そういうプリチーな君は誰なんだい？』

『シャドアサ公式サポートキャラのベアーズ・ウィルソンだ』

『ぎゃあああああ！　ぬいぐるみが喋《しゃべ》ったあああああ⁉』

『今更か』

『おっと、そうだったネ！　ところでベアたん。今回の大型アップデート、その気になる内容ってのはぶっちゃけなんなんだい？　ネネたんはもう気になって夜しか寝られてないぜ！』

『うむ。今回はシャドアサに導入される新システムについての情報を解禁する』

『むむむ！　新システムとな⁉』

『その名も《真影覚醒《シャドウ・バースト》》。これでシャドアサの戦いはより奥深いものになるだろう』

『ほっほ～う。これはとんでもないことになってきたぜ！　それじゃあ早速、《真影覚醒《シャドウ・バースト》》について詳細情報をチェケラッ！』

《真影覚醒《シャドウ・バースト》》

このシステムはＨＰの９割を消費して発動する。

発動時は全てのステータスが大幅に強化される。

持続時間は一分。再使用するにはＨＰを全快させた後、十分間のインターバルが必要。

《真影覚醒《シャドウ・バースト》》中は武器以外のアイテムを使用することはできない。

使用可能条件は《魂の欠片《かけら》》と呼ばれる特殊アイテムを四つ入手し、合成すること。

《魂の欠片》は主にＰＫ時、或《ある》いはエネミー討伐時に低確率でドロップする（ドロップ率はプレイヤー、エネミーのレベルが高いほど優遇される）。

《魂の欠片》は一つにつき、一度だけ他者に譲渡することができる。ただしＮＰＣへの売却は不可。


『お～べアたん……これはもしかしなくても凄いシステムなんじゃないのかい⁉』

『その通りだ。しかしこの《真影覚醒《シャドウ・バースト》》は諸刃《もろは》の剣《つるぎ》。使用するタイミングを見極めることが重要となる』

『今回は特別に、全ての暗殺者たちへ《魂の欠片》を一つプレゼントしちゃうんだぜ！』

『最後になるが、《真影覚醒《シャドウ・バースト》》には他にも秘められた機能が存在する』

『え～！　ここに来てまだ秘密があるのかい⁉』

『知りたければ、早く欠片を集めることだな』

『うおおおお！　燃えてきたぜ～！　それじゃあ諸君！　今後もシャドアサをよろしく

な！　あと気まぐれに作った限定ネムちゃんTシャツも買ってくれよな！』

『販促するな』

相変わらず独特なテンションのアイドルとマスコットの告知。

だがこれをゲーム内で見た時、クロは瞬時に悟った。

これからのシャドアサは、PVP、PVE問わず、さらに戦いが激化していく。

EXスキルを持つ者も増加しているという噂もあるし、なによりあの《真影覚醒《シャドウ・バースト》》という新システム。

情報だけ見ても破格の性能な上、特定アイテム――《魂の欠片》の取得が条件となれば、当然それを奪い合っての戦闘が増えていくだろう。

それに付随して《魂の欠片》が入手できるかもしれない高難度クエストや上級エネミーの実装は確実といえる。

まだ見ぬ戦いに備えるため、今こそ信頼できるメンバーでクランを結成する必要がある。とクロは考えたのだが――

（本当は『友達と一緒にワイワイゲームがしたかった』だけなんて言えないよな～）

一応リーダーの威厳というものがあるので、この本音については心の中にしまっておこうとクロは決めたのだった。

◆□◆

結成したばかりの《リアンシエル》は、ギルドでクエストを受注した後、街の外に広がる森の中を歩いていた。

目的地はリザードマンと呼ばれる爬虫類《はちゅうるい》型エネミーが生息している洞窟。

クエストの内容は分かりやすく、リザードマンを全滅させること。

結成して間もないクランがやるべきことは、なんといってもクランポイントと呼ばれる物の収集だ。

このクランポイントは基本的にクエストクリア時、および戦闘によって相手を倒した時などに獲得することができる。

森を進む中、クロの隣で《リアンシエル》のクランデータを見ていたヒカリが尋ねた。

「でもこのクランポイントっていうのを集めると、なにかいいことがあるんですか？」

「ポイントの総量に応じて、そのクラン自体にE～Sのランクが与えられるの。恩恵は色々とあるけど、一番はギルドから毎月支給されるアイテムの質が向上することかな」

「それ何気に大きいよな～。このゲーム、レベルが上がれば上がるほど使い捨てアイテムやクレジットの消費量半端やないし」

クロの言葉に付け加えるように、後方を歩いていたミヤビが愚痴をこぼした。

レベルが上昇するほどキャラの育成が難しくなるのはゲームの常ではあるが、シャドアサは些《いささ》かその傾向が強すぎるきらいがある。

回復アイテムの値段、武器や防具のメンテナンスや生成費用はもれなく高額。育成に必要な素材は、たとえ低級なものであってもドロップ率が低く設定されているのだ。

故に慢性的なリソース不足は遅かれ早かれ、多くの暗殺者が行き当たる問題といえる。

「それじゃあみんなでクエストをクリアしまくってポイントを集めまくれば、ランクが上がってもっと快適にゲームがプレイできるってわけですね！」

「ヒカリ、あなたもしかしてコツコツやっていればクランポイントが難なく増えていくものだと思ってない？」

「へ？　違うんですか？」

「シャドアサではね。クランに所属した暗殺者が死亡した場合、デスペナルティに【クランポイントの減少】が追加されるのよ」

「え……」

「より正確に言うと、別々のクランに所属した暗殺者同士が戦闘を行った場合、殺された方のクランポイントは減少して、逆に殺した方のクランはその分のポイントが加算される仕組みなの。まあ変動値は状況やレベル差によって上下するけど」

つまりクランに所属している暗殺者の死は、クラン全体のマイナスということになる。

故にクランに所属している暗殺者は、そうでない者に比べてかなりシビアなプレイングをしていることが多いのだ。

「マジでどこまでも殺伐としてますねこのゲーム……」

厳しいクラン間闘争の真相を知ったヒカリは苦笑交じりに呟《つぶや》いた。

「でもそんな仕様じゃ、クランを大きくするのも大変ですね」

「そうね。実際シャドアサ内で構成員が百人以上いる大型クランは三つしかないし」

「三つ？」

「一つはヒカリも知ってる《ホワイトバレッツ》ね」

「ああ、カーネスさんがリーダーのところですね！」

「うん。で、その次に大きいのが《王龍会《おうりゅうかい》》。その次が《魔女の夜宴《ワルプルギス》》ってクランね」

「あ〜なんかネットの記事で見たことがあるかもです！　めちゃんこ叩《たた》かれてた気がしますけど！」

「まあ、どっちも結構悪名高いというか。ゲームの性質上、大型クランはヘイトを集めやすいからね……」

大方ヒカリが見たというネット記事は、どちらかのクランに殺されたプレイヤーが罵詈《ばり》雑言《ぞうごん》を書き連ねたものだろう。

大型クランに喧嘩《けんか》を売った挙句《あげく》に心を折られ、解散したクランも少なくないと聞く。

また他のクランに所属していた優秀な暗殺者を半ば強引に引き抜いたとか、そういった黒い噂も絶えない。

正直、あまり関わり合いになりたくない集団だ。

「師匠はこれまでクランに入ろうと思ったことはなかったんですか？」

「んーまったく考えなかった訳じゃないけど、やっぱり組むなら本当に信頼できる人たちがいいなって思ってたから」

確かにクランに所属することで得られるメリットは大きい。

だがそれ以上に、当時のクロは集団に属するということを避けていた。

友達が一人もいない人間が、いきなり不特定多数の他人と仲良くやれる筈《はず》がない。そんなことは、自分が一番分かっていたから。

「だから私、この四人でクランを作れて本当に嬉《うれ》しいんだ。それに、ポイントの増減に関してもそこまでシビアに要求するつもりはないしね」

「そうなんですか？」

「だってランクが上がるに越したことはないけど、一番大切なのは四人でチームワークを磨いて強くなることだもん。勿論《もちろん》楽しみながらね」

「あぁ……なんという寛大さ。流石《さすが》アタシの師匠です……カッコイイ……」

クロの言葉にヒカリはうっとりしながら感動した。

するとミヤビが最前方を歩いているエリカに向かって声をかける。

「だってよエリカ。良かったな～これで沢山死んでも怒られへんで～」

「ちょっとミヤビ！　それどういう意味よ！」

「だってこの中で一番死亡率が高いのエリカやし～」

「うるさいわね！　盾役《タンク》やってんだから仕方ないでしょ！」

エリカは振り返って赤いツインテールを逆立てる。

ああ言えばこう言う二人のやり取りが面白くて、クロとヒカリは思わず笑ってしまう。まさに喧嘩するほどなんとやらな関係だ。

「あ、そういえば……」

そこでクロは先日行われた《ＡＫＦ》祝賀会で、さらっと聞いたあることを思い出した。

「ミヤビとエリカって確か幼馴染《おさななじみ》なのよね？」

「そうやで～」「そうね」

まったく同時の返事。やはり息はピッタリなようである。

「二人はどうやって仲良くなったの？」

「ああ、小学一年生の時にエリカが東京から引っ越してきたんよ。それで偶々《たまたま》席が隣になってな。それからの付き合いやわ」

「へ～そうだったんだ」

「わぁ～なんかいいですね。そういうの！　アタシも幼馴染とか憧れちゃうな～」

「そんなええもんちゃうで。ただの腐れ縁や。でもそうやな、ええ機会やし二人にはエリカの恥ずかしいエピソードでも聞かせてあげよか」

「「ほうほう」」

「本人がいる前でなに口走ろうとしてんのよあんたは！」

雑談が盛り上がってきたのも束《つか》の間《ま》、四人の前方に大きな洞窟が見えてきた。

今回の目的地。《リザードマンの巣穴》である。

四人はすぐに戦闘態勢に入ると、素早く近場の草陰に身を隠した。

「それじゃあミヤビ、いつも通り偵察よろしく」

「ほい来た」

ミヤビが巫女服の袖から呪符と呼ばれるアイテムを取り出す。

それにフッと息を吹きかけると、札はその形を変えて綺麗《きれい》な一匹の蝶《ちょう》へと変化した。

蝶は素早く洞窟の中へと入っていく。

「ん～入口を入ったところに槍《やり》を持った見張りが二体おるね。後はその奥に剣を持ったやつが五体ってとこかな」

ミヤビの使用する《使い魔》――《胡蝶《こちょう》》にはいくつかの能力が備わっている。

その内一つが今使用している視覚共有だ。操作は手動と自動《オート》の両方が可能で、離れた場所の様子を感覚的に使用者へフィードバックすることができる。

呪術師《ソーサラー》はシャドアサにおいて《狙撃手《スナイパー》》に次ぐ人気職で、その理由が職業選択時に与えられる《使い魔》だ。

この《使い魔》はＡＩがユーザーのバイオデータを参照して自動生成する仕組みで、戦闘向き、支援向き、中には特殊な使用用途があるものまで個性は千差万別である。

しかしながら、必ずしも自分が希望するタイプの《使い魔》が生成されるわけではないので、性能は運次第なところがあるのだが。

それでも唯一無二の能力を獲得できるというのが人気の理由だ。

「でもホント便利だよね、ミヤビちゃんの蝶々さん。いいな～アタシも《使い魔》とか欲しいな～。チラッチラッ！」

「残念ながら、《使い魔》は呪術師《ソーサラー》専用のシステムだから《忍者》が入手するのは無理よ。それに必ずしも自分が望んだ《使い魔》を引けるとは限らないし。諦めなさいヒカリ」

「ちぇ～まあそうかもですけど～」

ヒカリはペットを飼ってもらえない子供のように頬を膨らませた。

その顔を見たミヤビは「あはは」と微笑《ほほえ》む。

「確かに他の職業からみれば《使い魔》って便利そうに見えるかもなぁ。でも結構操作が難しいんやで？」

「そうなの？」

「普通のゲームやとコントローラーとか使えばええけど、シャドアサの《使い魔》は特定の動作や思考で操作せんといかんからな。これが中々どうして難しいんやわ」

「思考で操作……確かに聞くだけで難しそう……」

「勿論自動操作コマンドもあるにはあるけど、そうすると性能がちょっと落ちるからなぁ。その場にジッとして操作だけに集中できればええねんけど、シャドアサの戦闘は激しいからそうも言ってられんし。頭で別のことを考えながら体も動かして、且《か》つ他のスキルも同時に使うってなると面倒なんやわこれが」

「……分かりました！　師匠！　やっぱりアタシは《忍者》の方が向いてるみたいです！」

「我が弟子ながら現金な子ね……」

だがこれでヒカリの《使い魔》おねだりはなくなったようで、クロは安堵《あんど》した。

「ほんまは後二体くらい偵察に出したいんやけど。爬虫類型のエネミーは感覚が鋭いからこれくらいが限界やね。まあ、監視を片付けてくれたら話は別やけど」

「そこは私とヒカリでなんとかするわ」

「お、早速出番ですね！」

「わたしはどうすればいいの？」

エリカが尋ねると、クロは黒い短刀を取り出しながら答える。

「エリカはいつも通り前衛で暴れてタゲを取って。その隙をついて私とヒカリが雑兵を始末するから。とにかく目の前の敵を叩きのめしちゃって」

「分かったわ！　そして最後はわたしのロケットパンチで――あだッ⁉」

「それはまた今度にしとき」

ミヤビの手刀が暴走しそうなエリカを窘《たしな》めた。

「クロちゃん、うちは今回も後方支援でええんよね」

「そうね。バフと回復、できれば敵の攪乱《かくらん》もしてくれるとありがたいけど……」

「お安い御用や」

「ありがとう。それじゃあみんな――」

各自立ち回りの確認を終え、四人は互いに顔を見合わせる。

「今日も楽しく暗殺しましょうか」

「「「お～！」」」

そして《リアンシエル》の暗殺劇が始まった。

◆□◆

リザードマンは体長約2メートル。大型のトカゲが鎧《よろい》を身に着けて二足歩行しているような見た目をしており、一部のシャドアサユーザーからは《中級殺しトカゲ》と呼ばれている。

高いHPと敏捷性《びんしょうせい》を兼ね備え、武器は猛毒効果が付与された剣や弓だ。おまけに獰猛《どうもう》で数も多く、知能もそれなりに高いため、やっとゲームに慣れてきた暗殺者の心を挫《くじ》くエネミーとして有名である。

ただしリターンもある。リザードマンのクエストは複数人での攻略を想定しているからか、クリア時に得られるクランポイントが多めなのだ。

まずクロとヒカリが《気配遮断》を使い、洞窟の入口へ左右に分かれて接近。

次にミヤビが偵察用に使っていた《胡蝶》を操作して、見張りをしていた二体のリザードマンの気を引く。

「「ZYA?」」

頭上をゆらゆらと飛ぶ小さな蝶にほんの一瞬、リザードマンの意識が向いた。

「「――ッ！」」

クロとヒカリは同時に《高速移動》を発動。洞窟に入りこみ、無駄のない動きでリザードマンの首を短刀で斬り落とす。

いくらHPが高くても、弱所《ウィークポイント》である部分にクリティカルヒットを入れれば一撃で仕留めることが可能だ。

そして見張りを撃破したことで、ここから中のリザードマンたちに気付かれず奇襲を仕掛けることができる。

「それじゃあエリカ、突撃よろしく」

「オッケー！」

クロに指示を受けたエリカは両腕のガントレットを突き合わせる。

「いっちょ暴れるわよ！」

クラウチングスタートからの猛ダッシュ。クロやヒカリの《高速移動》にすら匹敵する弾丸さながらの速度でエリカは一気に洞窟内部へと侵攻していった。

「まず一匹！」

「ＺＹＡッ⁉」

エリカの拳がリザードマンの胴体に直撃。空気が破裂するような音と共に、その身体《からだ》は数メートル先まで吹っ飛んだ。

「さあ、かかってきなさいトカゲども！　《リアンシエル》の切り込み隊長エリカ様が直々に相手をしてあげるわ！」

ド派手な登場と口上により、リザードマンたちのタゲがエリカへと向く。

だがそれでいい。敵の注意を引くことこそが彼女の役目であるからだ。

それに今のエリカはミヤビのバフにより、基礎能力が大幅に向上している。簡単にはやられはしない。

「そらそらそらァ！」

予定通り、エリカは襲い掛かるリザードマンを次々と撃破していく。

それに続いて、クロとヒカリも刃《やいば》を振るった。

敵の注意がエリカに向いている為《ため》、速度を活《い》かした奇襲を得意とする《忍者》は非常に動きやすい。

しかも後方に待機してくれているミヤビが回復などの支援を担当しているお陰で、アタッカーである三人はＨＰやＡＰの消費を気にすることなく戦うことができる。

（やっぱり手練《てだ》れが揃《そろ》ってると戦いやすいな）

クロは改めてチームで戦うことの有用性を再認識する。

「ん？　あ！　師匠！　エリカちゃん！　アレ見て下さいアレ！」

「『あれ？』」

ヒカリが叫んで指を差した方向にクロとエリカが目を向ける。

そこには巨大な大砲を構えているリザードマンがいた。

「ZYAAA！」

既に発射準備を終えていた大砲から巨大な砲弾が放たれる。

「《五芒星壁《ごぼうせいへき》》」

だが迫りくる砲弾を、突如出現した五芒星の壁が防いだ。

「そんな豆鉄砲じゃうちの結界は突破できへんで～」

「ミヤビナイス！」「ミヤビちゃんナイス！」「ミヤビナイス！」

同時に一言添えて、ここからは最後の仕上げに取り掛かる。

「ヒカリ！」

「了解です師匠！　そいじゃ、ちょっとピカッといきますよ～」

ヒカリが短刀――《桜吹雪》の刃を天に向かって翳《かざ》した。

「《桜花閃光《おうかせんこう》》！」

ヒカリの言葉に呼応して、《桜吹雪》の刀身から眩《まばゆ》い閃光が洞窟全体に広がる。

暗がりでもよく見える自身の目が仇《あだ》となり、リザードマンたちの動きが止まった。

「ふぅ――」

クロは《高速移動》を発動し、残ったリザードマンたちを刹那の内に切り刻んでいく。

そんなクロの異次元の速度を見たミヤビは「ヒュ～」と口笛を吹き、エリカは「相変わらずの速さね……」と少し引き気味な感想を述べた。

一方、ヒカリは「イエーイ！　流石は師匠！　世界一カッコイイですぅ！」と大興奮しながらエールをおくる。

クロが《忍者》クラスの中で最強と言われる所以《ゆえん》はステルス性能が高いからだが、次いで強さの根幹を支えているのが『速度』だ。

恐らく敏捷性は全暗殺者中でも1、2を争うだろう。

素早く、姿を認識しにくい。そんな相手が死角に回り込んで、的確に急所を狙ってくるのだから戦う方はたまったものではない。

「ZYAAAAA！」

「――お前で最後ね」

既にスタンから復帰したリザードマンを、クロは難なく撃破する。

その直後、全員の前にクエストクリアを告げるリザルト画面が表示された。

「ふぅ――」

「流石です師匠！　アタシたちの大勝利です～！」

クロが短刀を鞘《さや》に納めると、ヒカリが腕に抱き着いてきた。

この過剰なスキンシップにも大分慣れてきたが、やはりまだ少し恥ずかしい。

「……ヒカリ、もう分かったから離れて」

「え～別にいいじゃないですか～減るもんじゃないですし～。むしろアタシの師匠成分がどんどん補給されていくのを感じます！」

そんな二人を見ていたミヤビはクスクスと笑いながら、

「おうおう、相変わらずお熱いですな～お二人さん」

「いや、これはそういうのじゃないから！」

クロがどうにか否定しようとすると、突然洞窟内に『グ～』という謎の音が鳴り響いた。

どうやら、その音源はエリカのお腹《なか》から発せられているらしく……

「お腹空《す》いたわ！　街に戻ってなにか食べたい！」

エリカの言葉に他の三人は思わず笑ってしまった。

「そうね。それじゃあ街に戻って休憩しましょう」

「「「は～い」」」

こうして《リアンシエル》の初陣は勝利という形で幕を閉じたのだった。

◆□◆

「「「「かんぱ～い！」」」」

クエストを終えた四人は《アルスハイド》に戻って祝杯をあげていた。

適当な店に入って、全員で円形テーブルを囲み、ドリンクの注がれたジョッキを突き合わせる。テーブルには山のように盛られたフライドポテト（何故かシャドアサ内の飲食店には必ずあるメニュー）が置かれていた。

シャドアサの戦闘はかなり集中力を必要とするため、こういったクールタイムはそれなりに重要なのだ。

と言っても、今回はクラン結成時に一度だけ付与されるボーナス効果により、ちょっと多めのクランポイントとクレジットを獲得できたからという理由もあるのだが。

「いや〜ゲームだといくら飲んだり食べたりしても、カロリーを気にする必要がないのは最高ですね！」

ヒカリがポテトを嬉しそうに頬張りながら言った。

現実世界で読者モデルをやっている彼女からすれば、好きなだけ飲み食いできるというのはそれだけで幸せなことなのだろう。

「でもゲーム内の食事ってちょっと空腹感が紛れるだけで、現実に戻ると普通にお腹は空いちゃうんですよね……」

「あ、ヒカリが急にせつない顔になった」

「まあ女の子にとって満腹いうのは罪悪感と隣り合わせやからな……」

「なに言ってんのよ。こっちでもお腹一杯食べて、現実でも一杯食べたら二回満腹になれて最高じゃない！」

「「ポジティブの塊……」」

そんな感じで少しばかりの雑談をして、その後はクエストの反省会に話題が移った。

「大砲が出てきた時はどうなるかと思いましたけど、どうにかなりましたね！」

「そうね。まあヒカリの動きにはまだ少し無駄があったけど」

「うっ、相変わらず師匠は手厳しい……。でもこれは弟子に対する期待の表れ！　つまりは愛の鞭《むち》なんですよね！」

「はいはい。そういうことにしておいて」

それからクロは今回のクエストで獲得したアイテムをスクロールする。

「でも結局、《魂の欠片》は一つもドロップしなかったわね」

運営の告知によればエネミー討伐時でも低確率でドロップするとのことだったが、所詮は中級エネミー。そう都合よくはいかないらしい。

やはり数ではなく質で選んだ方がいいのだろう。

「ネットの掲示板とか見ても、まだ《真影覚醒《シャドウ・バースト》》を取得したプレイヤーはおらんようやね」

ミヤビがウィンドウを出してリアルネットのシャドアサ掲示板を見ながら言った。

告知からまだ一週間ほどしか経過していないとはいえ、上級暗殺者でもまだ《真影《シャドウ・》覚醒《バースト》》に至っていないとなると、ドロップ率はかなりシビアに設定されているようだ。

「やれやれ、みんなもう少し頭使いなさいよ。わたしは既に気付いているわよ。《真影《シャドウ・》覚醒《バースト》をより簡単に、しかも確実に取得できる方法をね！」

「え⁉　そうなのエリカちゃん！　凄い！　それってどんな方法？　教えて教えて！」

「ふっ、仕方ないわね。それじゃあ教えてあげるわ。運営が言ってたでしょ？《魂の欠片》は一度だけ他のプレイヤーに譲渡できるって。だったら話は簡単よ。自分以外の三人の暗殺者にお願いして譲ってもらえばいいだけじゃない。はい天才、流石はわたし！」

と自信満々に説明するエリカだったが、全員の反応はあまり芳しくなかった。

「あれ？　わたしなんか間違ってる？」

「別に間違ってないわ。むしろエリカの言う通り、それが一番確実で効率的だと思う」

「そ、そうよね！　だったら――」

「ア～ホ、一体誰が好き好んで欠片を譲るねん」

「……あ」

「そっか。譲っちゃったら、また別の方法で欠片を集めないといけないもんね」

ミヤビとヒカリの言う通り、現状《魂の欠片》を譲渡するメリットは少ない。

誰しもレベルに関係なく強くなれる機会を、おいそれと手放すことはしたくないだろう。

「で、でも高レートで取引したりとかできるじゃない！」

「確かに個人間トレードは成立するかもね。売却不可はあくまでＮＰＣ運営のショップに売ることができないって意味だから」

エリカの言う事も一理あるとした上で、クロはさらに言葉を続ける。

「でも個人間でのトレードは裏切りの危険性が高い。それを考慮すると、やっぱり誰もやりたがらないいんじゃないかな」

「そ、そっか……」

もし高額なクレジットと引き換えに《魂の欠片》を他者に譲りたい暗殺者がいたとして、相手に欠片を渡した瞬間、その場から逃げられてしまえば、渡した方は損害を被ってしまう。交換場所が逃げ場のない密室だとしても、ログアウトされてしまえば同じことだ。

さらに言うなら、欠片を譲ると相手を誘い出して背後から別の仲間に襲わせるといった罠《わな》にかけることも可能だろう。

このように、考え出せばキリがないほど個人間トレードは危険性が高い。

結論から言うと、《魂の欠片》の譲渡はよほど信頼している相手としか成立しないのだ。

「うぅ……いい考えだと思ったのに～」

「よしよし、アタシはエリカちゃんの考えいいと思いますよ」

ヒカリはエリカの頭を撫《な》でながら慰めの言葉をかける。

「あらら～？　そこにいるのはもしかして、ミヤビとエリカじゃない？」

突然、和やかだった場に嘲笑《あざわら》うような声が降ってきた。

全員が声の方に視線を向けると、そこには挑発的な笑みを浮かべた少女が立っていた。

髪はショッキングピンクのツーサイドアップ。

両耳の端が尖《とが》っているのを見ると、種族はエルフだろう。

装備している服はファンタジー漫画などでよく見るビキニアーマーだ。

「こんなところで会うなんて偶然ね」

「ラーネ……」

先ほどまでの朗らかな笑顔を消したミヤビが少女の名を口にする。

「あんた、南側のマップが縄張りやろ。なんでこんなところおんねん……」

「別に〜そんなことあなたには関係ないでしょ。ていうかまだシャドアサやってたのね。もうとっくにやめたのかと思ってたわ」

「ちっ、余計なお世話や。あ〜見たくもない顔見てなんか気分悪いわ」

どう見ても、あまり親しい関係性ではないようだった。

様子を見ていたクロとヒカリはこっそりとエリカに耳打ちする。

「ねえエリカ、この人って一体……」

「お友達ですか？」

「ああ、わたしとミヤビがゲームを始めたばっかりの時に、ちょっと殺《や》り合ったことがあるのよ。それ以来、たまに鉢合わせたりしたらこんな感じなの」

エリカは目の前にあるフライドポテトを摘まみながら語った。

確かに、シャドアサはＰＶＰの要素が強い為、浅からぬ因縁を持ったプレイヤーは少なくない。特定のエリアを縄張りにして活動している暗殺者もおり、物騒な小競り合いも日常茶飯事だ。

「まあどっちかというと、ラーネがミヤビの方を一方的に敵視してる感じだけどね。理由はよくわかんないけど、なんかそりが合わないみたい」

「「へぇ～」」

なんか大変そうだなぁ。くらいのテンションでクロとヒカリもポテトを咥《くわ》える。

その間、ミヤビとラーネの口論はかなりヒートアップしており――

「ちゅうか相変わらず悪趣味な衣装着てんな。今時ビキニアーマーって……痴女か？　痴女なんか？　もしかして欲求不満だったりすんのけ？」

「ふん、お子様には理解できないようね。いい？　この衣装はね、美を愛し、美に愛された者しか着ることが許されないの。まあ芋臭い巫女服女には分からないでしょうけど」

「はッ！　よう言うわ。どうせ現実世界じゃお腹たぷたぷなんちゃうか～」

「適当なこと言ってんじゃないわよ！　相変わらずの性悪女ね！」

「誰が性悪やこのむっつり耳長！　ほんまの事でも言っていい事と悪い事があるやろ！」

両者の間で激しく罵倒が飛び交う。そんな中、ラーネはやっと周囲に目を向けた。

「あら、今気づいたけど周りにいるのは新しいお友達かしら？　よかったら紹介してよミヤビ。ああ、でもあなたみたいなザコと仲良くしているようじゃ、どうせ大した暗殺者じゃないんでしょうけ――ど？」

と、ラーネの視線がクロとヒカリへ向いた。

「も、もしかして、そこにいるのは……ク、クロ様……？」

「え？　ええまあ……」

「ッ⁉」

ラーネはエリカを強引な体当たりでどかし、頬を赤らめながらクロに詰め寄った。

その際にエリカが「ぐぎゃッ」と声をあげて床に転がったが、ラーネはそんなことはまったく気にしていない。

「あ、あ、ああの！　実は私、クククロ様の大ファンなんです！」

「え、ファンって……私の？」

「はい！　クロ様はシャドアサをプレイしている全女性暗殺者の憧れというか！　もう私の中では生ける伝説なんです！　ああ、近くで見るとなんて凛々《りり》しいお姿！　これが《AKF》で優勝した最強忍者のお姿なんですね！　はぁ～お会いできて本当に光栄です！　あの、できればサインとか貰《もら》えると嬉しいんですけど」

「ええ……」

グイグイと距離感を詰めてくるラーネにクロは困惑する。

すると二人の間にヒカリが割って入り、

「ちょいちょいちょい！　なんなんですかあなた！　アタシの師匠から離れてください！　ドントタッチ師匠です！」

「は？　誰よあなた？」

「アタシは師匠の一番弟子のヒカリです！　ご存知だとは思いますが何を隠そう、あの《AKF》で師匠と一緒に戦って優勝しました！」

「……ああ、そういえばいたっけ、あんまりよく覚えてないけど」

「なッ⁉」

ヒカリはまるで氷属性の攻撃でも受けたように固まった。

ラーネにとってクロ以外の人物は眼中にないらしい。

「でもクロ様、どうしてこんなザコ連中と一緒にいるんですか？」

「誰がザコですか！」「誰がザコやねん！」「誰がザコよ！」

ヒカリ、ミヤビ、エリカが声を荒らげるがラーネはまったく気にしない。

「クロ様、この連中とはどういった間柄で？」

「あ〜いやそういうんじゃなくて。私たち同じクランのメンバーなのよ」

「クラン⁉　クロ様が⁉　こんな奴《やつ》らと⁉」

ラーネが改めてクロ以外の三人に目を向けると、そこには三種類のドヤ顔があった。

「ふふ〜ん。お聞きの通り、アタシたち《リアンシエル》は固い絆で結ばれているベストフレンドなわけです！」

「残念やったなラーネ。ここにお前の入る余地はないでぇ〜悔しかったら一昨日《おととい》きいや〜」

「よく分かんないけど、とりあえずわたしの勝ちってことね！」

「グゥッ――バ、カにしてぇ……」

煽《あお》りのトリプルフォーメーションに、ラーネはギリギリと歯ぎしりをする。

「クロ様！　こんな品性の欠片もないザコ連中と一緒にいたら足を引っ張られるだけです！」

「いや、別にそんなこと……」

「そうだ！　実は私もクランのリーダーやってるんですけど、クロ様も入りませんか？」

「ええ……」

ついにラーネは自分のクランにクロを勧誘し始めた。

クロはできる限り言葉を慎重に選んでから返答する。

「ごめんなさい、誘ってくれるのは嬉しいんだけど、私は今のメンバーで満足してるから。それにね、みんな私の大切な友達だから、あんまり悪く言わないであげて」

「…………そう、ですか」

ラーネは俯《うつむ》いて肩を落とす。

「分かりました。クロ様がそう言うのなら今回は引き下がります」

ラーネはクロに一礼してから席を立ち、その場から立ち去ろうとする。

その際、ミヤビとすれ違いざまに言葉を交わした。

「覚えてなさい。この私に恥をかかせたこと、絶対後悔させてやるんだから」

「おお〜怖い怖い。女のジェラシーはみっともないな〜」

「……ぶっ殺す」

そう吐き捨てて、ラーネは店を後にしていった。

その背中を見送った後でクロが呟く。

「なんか、ちょっと変わった子だったね」

「「ちょっと？」」

自分に対してだけは友好的だったからか、クロのラーネに対する印象はあまり悪くなかった。

◆□◆

「殺す殺す殺す殺す殺す殺す殺す殺す殺す殺す殺す殺す殺す」

店を出た後、ラーネは親指の爪を嚙《か》みながら路地裏を歩いていた。

「よくもクロ様の前で私に恥を……あの連中……絶対に許さない……」

ふと足を止めたラーネは指先で虚空を弾いてウィンドウを表示する。

そして恐ろしく速いフリック入力で長文のメッセージを作成、送信ボタンを押した。

「ふ、ふふふふ」

暗闇の中で、ラーネは蛇のように舌を出して唇をなめる。

先ほどまで腸《はらわた》が煮えくり返っていたが、今はこれから先のことを考えると楽しくて仕方がない。

「あいつらに骨の髄まで思い知らせてやるわ。私たち《コープスベル》の恐ろしさをね」

◆□◆

シャドアサからログアウトした小夜はゆっくりと目を開けた。

今日もみんなで楽しくシャドアサができた。

それに、クロでいる間は少しだけ自分に自信が持てる。

（いつか現実でも、クロみたいになれたらいいのにな……）

そんなことを考えていると、小夜の携帯から着信音が鳴り始めた。

時刻は既に深夜一時を回っている。誰からだろう？

画面を見ると、そこには『朝川明美』と表示されていた。

「…………うえええ⁉　で、電話⁉　なんで⁉　私なにかした⁉」

突然のことに慌てふためきながら、小夜は恐る恐る携帯の通話ボタンを押した。

「も、もしもし？」

『あ、もしもし小夜っち～？　ごめんごめん、今大丈夫？』

「うん、別に大丈夫だけど。急にどうしたの？」

『いや～別に大したことじゃないんだけどさ。ゲームの中でラーネって人が言ってたことなんだけど……』

「ん？」

『ほら、なんかアタシが小夜っちの足を引っ張ってるみたいな？　実際のところどうなのかな～って……』

「んん？　アレは、別に明美に対してだけって感じじゃなかったと思うけど……」

『そうだっけ？』

「うん。まあどっちにしても、私は全然そんなこと思ってないけど」

『……本当？』

「本当」

『他のクランに行っちゃったりしない？』

「しない」

『本当の本当の本当に本当？』

「本当の本当の本当に本当」

『……そっか。あはは……だよね。ゴメンね、なんか変なこと聞いちゃって……』

「別に、気にしてない」

『そっか、ありがとう。あ～、なんか話せたら元気出てきた！』

「そう、ならよかった」

『じゃあ、また明日学校で』

「うん」

『それじゃあね～。おやすみ～』

「……お、おやすみ」

通話を切った小夜は、起こしていた身体をもう一度ベッドに預けた。

突然のことで驚いたが、今の電話は少し嬉しかった。

なんだか、必要とされているみたいで。

だけど――

「こういうのも、明美にとっては普通のことだったりするのかな……」

小夜にとっては特別なことでも、明美からしてみればそうではない。

そう思うと、少しだけ胸の奥がチクリと痛んだ。

もしかすると友人関係というのは構築するよりも、維持したり、発展させることの方が難しいのかもしれない。

そもそも友達とはなんなのだろうか？

小夜の『友達』と明美の『友達』は、果たして同じなのだろうか？

特に仲の良《い》い友達を親友と言ったりするが、そこに明確なラインはあるのだろうか？

なにをしたら親友で、なにをしなかったら友達なのだろうか？

普通の友達と、親友の間にはどんな違いがあるのだろうか？

――そんな答えのでない疑問が小夜の中でぐるぐると渦を巻く。

「ああ、そっか…………」

そしてふと、小夜は痛んだ胸の奥に隠れていた気持ちを自覚する。

「私は……明美の『特別』になりたいんだ……」

第二章　襲撃

二月六日。土曜日。午後四時頃。

《リアンシエル》の四人は、《アルスハイド》から少し離れた場所にある中規模ダンジョンの中にいた。

ギルドで受注したクエストは報酬が多く経験値も稼ぎやすいので、アバターの育成には向いている。だが反面、攻略する為《ため》のセオリーが固定化されやすく、プレイングがワンパターンになる可能性が高い。

だから時にはこうして、予想外の状況に対処する為の柔軟な対応能力を磨くべくダンジョン攻略も並行して行うことも大事になる。

「――だからね。ロケットパンチっていうのは要するに魂の叫びなのよ。自らの肉体の一部を犠牲にして放つ鋼の鎮魂歌。その切なくも気高い精神性こそが最大の魅力なわけ、だからここぞって時に撃つのが大事なの」

「ふむふむ……いやぁ～エリカちゃんのロケットパンチトークは奥が深いなぁ……」

大理石で構成された薄暗い回廊を進む中で、エリカはヒカリにロケットパンチが如何《いか》に素晴らしいものであるかを力説していた。

少し後ろからその会話を聞いていたクロにはさっぱり理解不能な内容だったが、どうやらヒカリにはその熱いパッションが伝わったらしく、興味深そうに頷きながら耳を傾けている。

すると、クロの横を歩いていたミヤビが小声で呟《つぶや》いた。

「ヒカリちゃんはほんまにええ子やねぇ」

「え？」

「いやな。エリカの趣味って巨大ロボットとか特撮とか、ちょっと癖が強いやん？　せやから今まではあんな素直にエリカの話を聞いてくれる子周りにおらんくて」

「そうだったんだ……」

少し意外だった。エリカみたいに元気で活発なタイプは、いつも人の輪の中心にいるものとばかり思っていたから。

「それでもエリカは他人に合わせて自分を曲げるようなことはせんかった。うちはそんなあいつが面白くて。それで友達になろう思うたんよ」

「そうだったんだ」

「元々シャドアサはエリカが『やっと自分でロケットパンチ撃てるゲーム見つけたわ！』言うてきて、うちは半ば強引に誘われたんやけど。クロちゃんやヒカリちゃんと出会えた今となっては、始めて良かったって思うわ」

「どうして？」

「だって最近、シャドアサにいる時のエリカごっつ楽しそうやからさ。うち以外にも、あの子の事を理解してくれる友達と出会えたことが嬉《うれ》しいんよ」

ミヤビの尻尾が軽く揺れる。

その言葉からは、エリカのことを大切に想《おも》っているのが伝わってきて、クロは胸の内が温かくなるのを感じた。

「クロちゃんも自慢なんちゃう？　ヒカリちゃんみたいな子が弟子やなんて」

「それはまあ……否定はしないけど」

「せやろなぁ〜！　おっぱいも大きいしなぁ！」

「……それって関係あるの？」

「少しはあるやろ！　あ、でも誤解せんといて。うちは大きくても小さくても問題なく愛せるタイプの人間やから！」

「ミヤビってたまに変なスイッチ入るわよね……」

サムズアップするミヤビにクロは苦笑する。

胸の事はさておくとして。クロ自身、ヒカリの天真爛漫《てんしんらんまん》な性格には大いに救われている。

ヒカリと出会わなければ、こうしてミヤビやエリカと仲良くなることもできなかったし、クランを作ることもできなかった。

いつも笑顔で明るく、一緒にいるとこっちまで元気になってしまう。

その魅力が自然と周囲の人間を惹《ひ》きつけるのだろう。

だからこそ、そんな彼女の隣に胸を張って立てるような、特別な存在でありたい。

なんてことを考えながらヒカリの背中を見つめていると、隣でミヤビが「ふふッ」と笑った。

「やっぱええなぁ～クロちゃんとヒカリちゃんは、見ていてこう飽きひんというか。色々と応援したくなるというか」

「え、なにそれ……どういう意味？」

「ん～それは～」

「それは……？」

「ふふ、ご想像にお任せで～」

「あ、ちょっとミヤビ！　誤魔化さないでよ！」

あからさまに歩く速度をあげたミヤビを、クロは赤面しながら追いかける。

なんだか視線の先で揺れるミヤビの尻尾を見ていると、狐《きつね》につままれたような気分になった。

◆□◆

それは、ダンジョンに入ってから一時間ほど経過した頃。

四人がドーム状の広間で中ボスクラスのエネミーを討伐し、ドロップしたアイテムをチェックしていた時のことだった。

『みんな、そのままアイテムをチェックしながら聞いて』

クロは通信機能を使って三人に話しかけた。

『どうかしたんですか師匠？』

『そうよ。わざわざ通信機能なんか使ったりして』

どうやらヒカリとエリカは気付いていないらしい。

クロはメンバーの中で自分に次いでレベルが高いミヤビに視線を向けた。

それだけで察したのか、ミヤビはすぐに答える。

『実は丁度うちもそのことで、クロちゃんに相談しようと思ってたところや』

『やっぱりミヤビも気付いたみたいね。だったら話は早いわ』

『なんのことです？』

『さっきから私たちを尾行してる連中がいるのよ』

『は？　なにそれ？　敵ってこと？』

『さあ……それは本人たちに聞いてみないと分からないわ。とりあえずカマかけてみるから、全員警戒を緩めないで』

『『『――了解』』』

それからクロは背後を振り返り、

「さっきから私たちの後ろを付いてきてる人たち、そろそろ出てきたら？」

そうクロが告げると、広間の入口付近から三人の暗殺者が姿を現した。

一人はオーバーサイズのフード付きパーカーを着た、ウルフカットの無表情な少女。

一人は紺色のシスター服を着た、長身でどこかおっとりとした雰囲気の少女。

そして二人の真ん中に立っているのは、昨日クロたちに話しかけてきたエルフの少女——ラーネであった。

「流石《さすが》はクロ様です。やはりバレてしまいましたか」

微笑《ほほえ》むラーネを見たヒカリは「あー！」と指差した。

「あなたは昨日の！　師匠の厄介オタクで～……ラ、ラ、ラノベさん！」

「ラーネよ！　あと厄介オタクじゃない！　ファンなだけ！」

出鼻を挫《くじ》かれたラーネは咳払《せきばら》いしてから話を続ける。

「紹介するわ。私のクラン《コープスベル》のメンバー、ルーベとアイラです」

「……どうも」

「はじめまして～アイラちゃんで～す」

ラーネは仲間の紹介を終えると、一歩前に出てクロに向かって尋ねる。

「それにしてもクロ様、よく私たちのことが分かりましたね。いつからお気づきに？」

「少し前からかな。随分と慎重な尾行だったけど、残念だったわね」

いくら《呪術師《ソーサラー》》の隠蔽スキルでも、完全に自らの気配を消すことはできない。

それが可能なのは現状、クロが持つEXスキル《気配遮断【絶】》だけだ。

それにクロの索敵能力をもってすれば、一定範囲内の自分よりもレベルが低い相手に関しては強化した五感で大体の位置を把握することができる。

「それで、わざわざダンジョンの中まで私たちを付けてきたのはどうして？」

「シャドアサで他の暗殺者を尾行する理由なんてそう多くありませんわ」

「……それもそうね」

つまりラーネの目的は単純明快。ＰＫ目的の襲撃である。

「昨日はクロ様の顔を立てて身を引きましたが。やはりそこの三人はクロ様の仲間に相応《ふさわ》しくありません。それを今日、ここで証明してあげます。その三人をクロ様の前で完膚なきまでに叩《たた》きのめしてね！」

と、そこでヒカリがそっと片手をあげた。

「あの～ちょっといいですか？」

「はぁ？　なによ自称弟子」

「自称じゃないです！　あの、そっちは三人でこっちは四人なんですけど、このまま戦っていいんですか？」

「…………………………え～っと」

ラーネの反応に、周囲の空気が一気に静まり返った。

「嘘《うそ》やろ……まさかあんた作戦もなしにここまで来たんか？」

「はぁ⁉　バ、バカにしないでくれる！　そんな訳な――」

「いや図星でしょ」

ラーネの横に立っていたフードの少女がぼそりと言った。

「ちょっとルーベ！　あなたはまた余計なことを！」

「だって元々背後から奇襲を仕掛けて相手を分断させるって作戦だったじゃん。上手《うま》くいきっこないって思ってたけど、まさか本当になんの作戦もないなんて驚きだよ。もしかして羞恥心と一緒に脳みそまでどこかに忘れてきたの？」

「くぅ～、リーダーである私に向かってなんて無礼な！　ちょっとアイラ、あなたからもなにか言ってやって！」

「ルーべちゃん。いくら本当のことでも言っていいことと悪いことがありますよ～。ラーネちゃんだって好きでポンコツやってるわけじゃないんですから～」

「全然フォローになってないんだけどぉ⁉」

「ラーネうるさい。あとボクもう帰っていい？　勝てない戦いはしない主義なんだ」

「あ、それじゃあ私も帰って寝たいです～。寝不足はお肌に悪いですし～」

「良《い》いわけないでしょ！　今からあいつらをギッタギタにするんだから！」

ガヤガヤガヤと、ラーネたちは勝手に仲違《なかたが》いを始めた。

この人たちは一体なにをしに来たのだろうか？

完全に隙だらけな三人を前に、クロは大きく溜息《ためいき》を吐《つ》いた。

「もういいわ。なんかアホらしくなってきたし、ここは私がサクッと始末して――」

クロが腰の短刀に手を伸ばした時、ヒカリがそっと手首を握ってきた。

「師匠、ちょっといいですか？」

「ヒカリ？」

「今回の戦い、師匠は後ろで見ていてくれませんか？」

「…………えぇ⁉　なんで⁉　もしかして私邪魔⁉　いらない子⁉」

「ああいえ、そうではなくて……。あのラーネって人は、アタシたち三人が師匠の仲間に相応しくないと思って戦いを挑んできているわけですよね。だったら、そうじゃないってことを証明する為にも、師匠抜きであの人たちを倒す必要があると思うんです」

「いや、なにもそこまで意地を張らなくても……」

わざわざ有利な状況を捨ててまで相手の土俵にあがる必要はない。そうクロがヒカリを説得しようとした時、

「ん～確かにヒカリちゃんの言うことにも一理あるなぁ」

「ミヤビ……」

「わたしもそれがいいと思うわ！　言われっぱなしは性に合わないもの！」

「エリカまで……」

これで意見は三対一。リーダーとはいえ、こうなると説得するのは難しい雰囲気だ。

「お願いします師匠。今回はアタシたちを信じて、戦いを見守ってくれませんか？」

「…………」

ヒカリの表情は真剣だった。

やはり昨晩の電話で言っていたことを気にしているのだろう。

「師匠……」

その時、クロは翡翠色《ひすいいろ》の瞳に確かな覚悟を見て取った。

「まあ弟子のわがままを聞くのも師匠の役目か……」

「それじゃあ！」

「いいわ。おもいっきり、ぶっ飛ばしてきなさい！」

「はい‼」

◆□◆

《リアンシエル》と《コープスベル》の戦いは、クロを除いた三対三で行われることになった。

壁際でクロが見守る中、直径50メートルほどの空間にて、六人の少女たちが睨《にら》み合《あ》う。

「へぇ～。まさか本当にクロ様抜きで私たちと戦おうだなんて、いい度胸してるじゃない」

ラーネはヒカリ、ミヤビ、エリカの三人を前に余裕の笑顔を浮かべた。

条件が一緒ならば負ける気がしないといった感じだ。

「ルーベ、アイラ。少し予定と違うけど、ちゃんとクロ様に私たちの方が優秀だって証明するわよ。そうすればクロ様だって私たちと組みたくなるはず！」

「ぶっちゃけボクは興味ないけど。せっかくだから経験値くらい稼がせてもらおうかな」

「私も～新しいアクセサリーアイテムとか欲しいので～。適当にぶっ殺しちゃいますね～」

クロが戦闘に参加しないと分かったからか、《コープスベル》の三人は完全に勝利を確信しているような口振りだった。

一方《リアンシエル》の三人は――

「なんや、随分と舐《な》められてるみたいやね……やっぱりムカつくなアイツ等《ら》……」

「ふんッ、すぐに後悔させてやるわよ！」

「はい、師匠の弟子として負けるわけにはいきません！」

そして一瞬の静寂が場を満たす。

これは運営が管理する正式な試合ではない。

審判もいなければ、当然細かいルールも存在しない。

相手を降伏させるか、或《ある》いは全滅させるか。ただそれだけが勝利条件となる。

「「――――ッ！」」

初動。最初に動きを見せたのは《呪術師《ソーサラー》》であるミヤビとラーネだった。

それぞれが効果の異なる能力強化スキルを同時発動し、仲間の二人に付与する。

直後、エリカとアイラが素早く地を蹴って直進した。

「うおおおりゃあああああ！」

「えーい！」

突き出された二つの拳――エリカのガントレットとアイラのメリケンサックがぶつかり合い、空気を破裂させて衝撃波を生む。

「やっぱり、あんたも《武闘家《ファイター》》だったのね」

「そうで～す。先に言っておきますけど～私結構強いですよ～」

「――上等ッ！」

それから《武闘家《ファイター》》の二人は激しい肉弾戦を開始した。


エリカとアイラが戦い始めてすぐ、ヒカリもまた《高速移動》を使って既に駆けだしていた。

狙うのは敵のリーダーであるラーネの首だ。

後衛である《呪術師《ソーサラー》》を排除すれば、確実にこちらが有利になる。

だが不意に、足元に転がった球体型の爆弾がヒカリの視界に入った。

「ッ⁉」

ヒカリは咄嗟《とっさ》に後方へ下がってどうにか爆発を回避する。

「残念だけど、こんなのでも一応うちのリーダーだからさ。そう簡単には殺《や》らせないよ」

黒煙の向こう側には、ルーベと呼ばれた少女が狙撃銃を構えて立っていた。

「君はボクが遊んであげるよ。見せてもらおうじゃないか。《ＡＫＦ》であのカーネスを倒した片割れの実力を」

「……言われなくたって！」


そして残された《呪術師《ソーサラー》》の二人――ミヤビとラーネは10メートルほどの距離を取って相対していた。

「いつ以来かしらね。あなたとこうして戦うのは」

「悪いけど。性格の悪い女のことはあまり覚えてへんわ」

「相変わらず口の減らない女ね」

「それはお互い様やろ。ていうか、なんでわざわざこんなことするん？　まさかただムカついたからなんてしょうもない理由じゃないやろな」

「愚問ね。そんなの決まってるじゃない」

「ん？」

「クロ様の周りをウロチョロする女なんて、排除する以外の選択肢ないでしょうがぁ！」

そう叫ぶと、ラーネは右手を空にかざした。

「――来なさい。《フェイトスネーク》！」

ラーネの声に呼応し、彼女の頭上に魔法陣が浮かび上がる。

そこから這《は》い出《で》てきたのは、大蛇の骨によく似た異形の使い魔。

その見た目は骨格のほとんどが鋭利な刃《やいば》となっており、使い魔というよりは武器と表現した方が的確な形状だった。

「さあ、始めましょうか。二度と私に生意気な口がきけないよう調教してあげるわ！」

ラーネは唯一刃状になっていない《フェイトスネーク》の尻尾部分を摑《つか》むと、それを鞭《むち》のようにしならせてミヤビに振るう。

そんな刃の鞭を、ミヤビは袖元から黒い鉄扇を取り出して弾《はじ》いた。

《妖狐扇《ようこせん》》——装備時にAP回復速度を上昇させる武器だ。

ミヤビは背後に数匹の《胡蝶《こちょう》》を召喚し、口元の前で鉄扇を広げる。

「そっちこそ、ボコボコにされて泣きべそかくなや」

◆□◆

「え〜い」

「ぐッ⁉」

アイラの右フックがエリカの胴体にクリティカルヒットした。

（こいつ、通常攻撃は大したことないのに、クリティカルヒットの威力が異常に高い⁉）

クリティカルヒットは基本的に弱所《ウィークポイント》部分への攻撃、または攻撃が直撃した際に特定の確率で発生するダメージ増加効果だ。その威力は大抵通常攻撃の二倍程度。

だがアイラという少女のクリティカルヒットは、少なく見積もっても平均で三倍以上のダメージがあった。

「気づきましたか～？　ラーネちゃんのバフスキル――《幸運会心《ラッキークリティカル》》は～、クリティカルダメージを強化してくれるんですよ～」

「この！」

「あはは～！　そんな単調な攻撃じゃ当たりませんよ～」

攻撃をひらりと躱《かわ》したアイラは、カウンターの裏拳をエリカの顔に叩きつける。

それがまたしてもクリティカルヒットとなり、エリカのＨＰが大幅に削られた。

だが急に、アイラの拳がピタリと動きを止める。

「あなた……」

「ん？」

「その帽子！　すっごく可愛《かわい》いですね！」

「………………はぁ？」

「うんうん、形も色合いもとってもいいセンスです。あのヒカリって子もオシャレですけど、あなたも中々いいですね～！　あ～ん、見れば見るほど欲しいです～！」

アイラは突然目をキラキラさせて、訳の分からないことを言い始めた。

「あの～その帽子を譲ってくれるなら～キルするのをやめてあげてもいいですよ～？」

「……随分と上からじゃない。まるで自分が勝つのが当たり前みたいに聞こえるわよ」

「？　そうですけど～？」

「――ッ！　バッカにしてぇ！」

エリカは拳を握りしめてアイラの下顎めがけて振るった。

「あ～ん。交渉決裂かなぴ～です～」

ラーネはエリカの攻撃を躱し、舞のように華麗な動きで連撃を放つ。

（ああ……これちょっとまずいわね……）

エリカは急所を重点的に防御しつつ攻撃に耐える。

如何にＨＰと防御力が高い《武闘家《ファイター》》のエリカであっても、このままでは手数で押し切られてしまうだろう。

洗練された的確な弱所《ウィークポイント》部分に対する攻撃。アイラはテクニックだけでいえばエリカよりも優れている。

（でも、だからってここで負けるわけには！）

ヒカリも言っていたように、これは証明する為の戦いなのだ。

頼れる仲間として背中を預けてもいいと、胸を張って言えるように。

「――ふぅ」

「⁉」

向かってきたアイラの拳を、エリカは左手で受け止めた。

「ボコボコ殴ってくれちゃって。でもお陰で、ようやく目が慣れてきたわ」

「あなた、どうして急に……！」

「こちとら最近、ずっとクロの動きを見ながら戦ってるのよ。あんたのヘナチョコパンチくらい、ちょっと慣れればどうってことないわ！」

クロの常識を超えたスピードから繰り出される攻撃に比べれば、アイラの拳はまだまだ遅い。

「わたしも教えてあげるわ。ミヤビがわたしたちに付与したバフスキル――《逆鱗《げきりん》ノ《の》加《か》護《ご》》にはね。ダメージを受ければ受けるほど、攻撃力を上げる効果があるのよ！」

「あなた、まさか最初からわざと私の攻撃を受けて⁉」

エリカのガントレットがマグマのように赤く染まる。

今、エリカの拳には《武闘家《ファイター》》が有する肉体強化、ミヤビに付与された攻撃力強化バフが上乗せされている。

しかしそれら全てを考慮しても、防御力が高い《武闘家《ファイター》》のアイラを一撃で倒すことは難しい。

だがしかし、エリカにはとっておきがある。

「流石にこの距離じゃ外しようがないわよね！」

エリカは右腕をアイラの腹部へと向けた。

するとガントレットの側面からブースターユニットが飛び出し、轟々《ごうごう》としたエンジン音を響かせる。

「ッ！　離してください！」

アイラは拘束から逃れようと残った腕と脚で攻撃するが、エリカはビクともしない。

「無駄よ。このスキルを使用する時のわたしはスーパーアーマー状態なんだから！」

「そんなインチキ仕様だったんですか⁉」

「さあ！　いくわよ！」

それはエリカが持つ最大の切り札であり、最も愛するスキル。

命中率の低さと使用後の硬直時間が長いという致命的な欠点と引き換えに、絶大な威力を有する。

その名は――

「必殺ぅううう！　エリカアアアパアアアアンチ！」

「――ッ⁉」

正式名称《ロケットパンチ》。凄《すさ》まじい速度で射出されたエリカの右腕がアイラの身体《からだ》を貫いた。

「がッ……はッ……」

一撃必殺の鉄拳を受け、アイラの身体は粒子となって消滅していった。

そしてエリカは無言で残った左腕を空に掲げ、仲間たちに勝利をアピールする。

「二人とも、後は頼んだ、わ……きゅ～……」

《ロケットパンチ》使用後のダウン効果によって、エリカはその場に倒れ込んだ。

◆□◆

「うわ……アイラの奴《やつ》やられてるじゃん。だからいつも相手を舐めてかかるなって言ってるのに……」

炸裂《さくれつ》した轟音《ごうおん》と共に仲間の敗北を目撃したルーべは、狙撃銃のカートリッジをリロードした。

「まあ幸いあのエリカって子はなんか倒れてるし、問題はないか」

そして、ボロボロになって呼吸が荒くなっているヒカリを見据える。

「もう少し強いと思っていたけど、ボクの買《か》い被《かぶ》りだったみたいだね」

「…………」

満身創痍《そうい》のヒカリは短刀を構えながら、自分の未熟さを痛感していた。

薄々感じていたことだ。

《リアンシエル》の中で、自分が最も実力が足りていない。

《ＡＫＦ》に向けてクロと修行したことで実力が格段に上がったが、まだ予測不能な状況に直面した時の対応力が不足している。

ここ最近もクロに、いやみんなに頼りきっていたのは否めない。

心のどこかで思っていたのだ。

たとえ自分が弱くても、みんながいれば大丈夫だと。

これはゲームなんだから、みんなで楽しくプレイできればそれでいいと。

みんなは優しいから、許してくれるだろうと。

でも、それはきっと対等な仲間とは言えない。

せめて支えてもらった分くらいは、みんなのことを支えてあげたい。


——だから、今よりもっと強くなりたい。

胸を張って、みんなと、師匠と一緒にいられるように——


「そろそろ終わりにしようか」

狙撃銃を構えていたルーベがトリガーを引いた。

ヒカリは《高速移動》を使って紙一重で銃弾を躱す。

ルーべという少女は確かに強い。射撃は正確で、ヒカリが《高速移動》で接近戦に持ち込もうとしても、進行方向を先読みした足元への狙撃で動きのリズムを確実に崩してくる。

手裏剣やその他中距離スキルなども素早い動きで躱されて、あまり効果は見込めない。

ダメージの大きい初弾はどうにか躱したが、実力差でジリジリと押されている。

回復薬は全て使い切った。だがミヤビも今はラーネの相手で手一杯、支援は期待できそうにない。

エリカも《ロケットパンチ》のダウン効果でしばらく動けないだろう。

（アタシが勝つには、やっぱりどうにかして接近戦に持ち込むしかない……）

ヒカリが持つ奥の手はＥＸスキルの《超感覚》と《桜吹雪》の《桜花閃光《おうかせんこう》》。

だが《超感覚》についてはほぼ論外だ。発動タイミングがヒカリの意思で決定できない以上、戦術に組み込むことはできない。

《桜花閃光》は刀身から放つ激しい発光現象で一瞬の隙こそ作りだせるが、以前《ＡＫＦ》でロイドという青年に対して使った時のように、相手が完全に油断してなければ上級者への効果は薄い。故に使い所は慎重に見極める必要がある。

だがヒカリにはもう一つ、師であるクロに勝るとも劣らない武器があった。

（――見つけた）

それは相手の細かい仕草や癖を瞬時に見抜く鋭い観察力。

（この人、連射を続けると五発目の狙撃だけ狙いが甘くなる！）

ヒカリはこれまでの戦闘でルーベがリロードをした四回の内、常に五発目の軌道だけが僅かに狙いから逸《そ》れていたことに気付く。

恐らくそれは、本人すら自覚していない僅かな隙。だが付け入るとすればそこしかない。

ヒカリは敢《あ》えて距離を詰めようとせず、不規則に動いてルーベの弾倉が尽きるのを待つ。

そして狙撃銃が全ての弾丸を吐き出した後、リロード時を狙って一気に駆け出す。

弾丸を防御する為の《切り払い》スキルは、今のヒカリでは一度に三発までしか防げない。それ以降の弾丸は自力で躱す必要がある。

「リロード時を狙っての突撃か。悪くないけど短絡的だね」

素早くリロードを済ませたルーベがトリガーを引いた。

発射された三発の弾丸を、ヒカリは《切り払い》で的確に弾く。

（問題は四発目の弾丸！　これが当たれば確実に負ける！　だったら――）

ヒカリは体勢を限界まで低くすることで当たり判定を最小限に抑える。

この状態で相手が狙ってくるとすれば即死判定がある頭部のみ。

相手の狙撃が正確ならば、それを逆手にとる。

（大丈夫。タイミングさえ間違えなければきっとできるはず――）

予測通りルーベの弾丸はヒカリの額へと飛んできた。

「ここッ！」

ヒカリは弾丸を《切り払い》スキルを使わずに短刀で弾いた。

「マジか……」

驚愕《きょうがく》しながらも、ルーベはさらに追撃しようとする。

だがそれは僅かに狙いが甘い五発目。

好機は今、この瞬間。ヒカリは短刀を強く握りしめる。

「──《桜花閃光》！」

「ッ⁉」

突然の閃光にルーベは目を細める。視界が狭まったことで、ただでさえ狙いが甘かった五発目の弾丸はヒカリの右肩を掠《かす》めるにとどまった。

そして両者の距離が、手を伸ばせば届くほどの近さへと変わる。

ここまで近づけばヒカリの土俵だ。

短刀で狙撃銃を弾き飛ばし、腹部へ膝蹴り。体勢を崩して襟首を片手で掴み、脚を払ってルーベの身体を地面に叩きつける。

「──かはッ⁉」

そしてトドメは心臓に刃を突き立て、

「《雷遁《らいとん》・白雷刃《びゃくらいじん》》」

刀身から電撃を直接体内に送り込んで仕留めた。

ルーベの身体は粒子となって消え、ヒカリは集中が途切れたことでその場にへたり込む。

「はぁ……はぁ……勝った……」

その時、ヒカリの肩に温かいものが触れた。──クロの手だ。

「よくやったわヒカリ」

ヒカリが見上げると、クロは本当に嬉しそうな笑顔を浮かべていた。

「流石は私の弟子ね」

「師匠……」

それはヒカリが今日までクロと一緒に過ごしてきた中で、一番嬉しい言葉だった。

◆□◆

エリカとヒカリが勝利を収めた時、最後の対戦カードであるミヤビとラーネの戦いは未《いま》だに続いていた。

「どうやら他のところは決着が着いたようやね。どうするラーネ、泣いて土下座するなら今のうちやで！」

「冗談！　あんたさえ殺せば、死に損ないの二人くらい私一人で充分よ！」

未だ戦意が衰えていないラーネは自らの使い魔《フェイトスネーク》を豪快に振るった。

それはシャドアサでも珍しい武器型の使い魔であり、攻撃がヒットするたびに相手のAPを削るデバフスキルが付与されている。おまけに半自律行動が可能な為、相手を追尾して攻撃してくるのだ。まさに生きた呪いの鞭といえる武器。

そんなラーネの攻撃を、ミヤビは周囲に展開した結界で的確に防ぐ。

HPこそ削られなかったが、その代わりAPがスキルを使用した分の倍近く消費された。

（やっぱり防御スキルにもAPの減少効果の当たり判定あるのは厄介やな。かといって、うちの敏捷性《アジリティ》じゃ躱すのはしんどいし。やっぱり早めに勝負決めんとアカンか……）

ミヤビは指を鳴らし、周囲に浮遊させていた《胡蝶》の形状を矢尻のように鋭く変形させ、ラーネに向かって一斉に飛翔《ひしょう》させた。

形状変化による攻撃力の上昇。さらに《胡蝶》には起爆性のある鱗粉《りんぷん》をまとった体を爆発させることにより、対象にダメージとノックバックを与える能力がある。

「ちっ」

舌打ちしたラーネは飛来した《胡蝶》を次々と《フェイトスネーク》で叩き落とす。

いくつもの鮮やかな爆発が花のように空中に咲き誇った。

「相変わらずショボい攻撃。でもまさか、こんな玩具《おもちゃ》で私を倒せるとか思ってないわよね？」

「さて、それはどうやろな」

ラーネの言う通り、《胡蝶》による爆発は威力が低い。

《狙撃手《スナイパー》》が使う爆弾等《など》と違い破片効果もなく、熱と衝撃波だけのダメージとなる為、一撃必殺の攻撃にはなりえないのだ。

暗殺者としての決定力に欠ける。それが支援型のスキル構成をしている《呪術師《ソーサラー》》の弱点だ。

しかし――

「――ッ⁉」

突然、ラーネのこめかみ付近で小規模な爆発が起こった。

「なッ⁉」

困惑と衝撃に、ラーネが僅かによろめく。

「い、今のは⁉　一体どこから⁉」

目に見える《胡蝶》は全て叩き落としたはずなのに、何故《なぜ》か攻撃がヒットした。

ラーネにはその理由がまったく理解できていない様子だった。

「なんやラーネ。余所見《よそみ》でもしてたんか？　しゃあないな。ほなら次はちゃんと教えてあげるわ。ほれ、次は反対のこめかみ」

「ッ⁉」

ラーネは咄嗟に先ほど爆発を受けた所とは反対のこめかみを防御した。

だが――

「あ、ごめん、やっぱ後ろやったわ」

ミヤビの宣言通り、次はラーネの後頭部で爆発が起きる。

続けざまに急所である頭部への攻撃。ダメージが少ないとはいえ、確実にラーネのＨＰは削られる。

「くッ！　どうなってるのよ一体⁉」

「まだ分からんのか？　じゃあそのお飾りな目ん玉にもよう見えるようにしたるわ」

そう言って、ミヤビは指を鳴らした。

——そして、全てが明らかになる。


「な、によ……これ……」

ラーネは口を開けながら呆然《ぼうぜん》と立ち尽くしていた。

何故なら彼女は突然現れた夥《おびただ》しい数の《胡蝶》に包囲されていたのだ。

「昔と違って、うちの《胡蝶》は鱗粉で光を屈折させて姿を隠すことができるようになったんや。どうや、便利なもんやろ」

「なッ——」

「あんた、戦いに集中しすぎて索敵スキル使ってなかったやろ。だからこんな手に引っかかるんやで。まあ使われてもうちの隠蔽スキルなら妨害できるんやけど」

「だ、だとしてもありえないわ………そもそも一体いつの間にこんな数を召喚して……」

「最初からやで」

「嘘よ！　勝負が始まってからあんたが召喚したのは全部私が叩き落として——」

「せやから。そのもっと前からやって」

「前……前って……まさか……!?」

「そう、クロちゃんがあんたらに声をかけた時から。隠蔽スキルで透明化させた呪符を地面にぎょうさん貼り付けてたんよ。しかも、あんたらが口喧嘩《くちげんか》おっぱじめてくれたお陰で仕事が捗《はかど》ったわ。後は時間差で透明化させた《胡蝶》を遠隔で召喚して、あんたの死角に移動させておけば、今みたいにうちの好きなタイミングで起爆させられるちゅうわけやな」

「ッ⁉」

説明を受けて尚《なお》、ラーネは驚愕せざるを得なかった。

ミヤビの行動は、その全てが言うは易《やす》く行うは難《かた》しの高等技術だからだ。

「じゃあ、今までわざと透明化させていない《胡蝶》を召喚してたのは……」

「あんたの意識を透明状態になっている《胡蝶》に向けさせないためや」

全てはこの状況を作り出すために。

単独での戦闘能力に長《た》けたラーネに勝つ為にはそれが最適解だとミヤビは判断した。

「で、でもこれだけの《使い魔》を同時に操作できるわけが……」

「ん～確かに結構神経使うなぁ。でもうち、中学の時ピアノのコンクールで金賞取ったことあるから、こういう細かい作業は得意やねん」

ミヤビが笑顔で軽く言ってのける。

しかし、それは優れた空間認識能力と並列操作技術がなければ不可能な芸当だ。

それはつまり、ミヤビが非凡な才を持つ暗殺者だという証《あかし》でもある。

「……だったら全部叩き落として――ッ⁉」

だがそこで、ラーネの動きがピタリと止まった。いや、止まったのはラーネではない。

「なんで……私の《フェイトスネーク》が、動かない……⁉」

「《胡蝶》の鱗粉にはスタン効果もあってな。耐性の高い暗殺者《あんた》には効きづらいけど、《使

い魔》なら話は別やろ。《使い魔》のステを敏捷性に振ったのが裏目に出たな～」

「なッ――」

「ああ、他のスキルで防ごうとしても無駄やで。あんたがスキル使うよりも早くうちは《胡蝶》を起爆できる。爆発のダメージは微々たるものやけど、僅かなノックバックでスキルの発動を阻害できるからなぁ」

「そんな……」

ラーネは自らの状況を完全に把握したのか、地面に両膝をついた。

不可視の爆発を回避するのは困難。しかも起爆のタイミングはミヤビが決めるため、防御スキルを使いピンポイントで防ぐこともできない。

タイミングを外してスキルの空撃ちが続けば、先にラーネのＡＰが尽きるだろう。

「さて、どうするラーネ。泣いて土下座するなら今のうちやで」

「ぐッ、この卑怯者《ひきょうもの》！　戦いが始まる前から罠《わな》を仕掛けるなんて恥ずかしくないわけ⁉

もっと正々堂々と戦いなさいよ！」

「尾行《ハイド》して後ろから奇襲仕掛けようとしてた奴がどの口で言うてんねん……」

若干呆《あき》れ気味にミヤビは溜息《ためいき》を吐《つ》く。

この様子だと、ここで倒してもまたいずれ戦いを挑んできそうだ。

であればここは、できるだけトラウマになるような殺し方をした方がいい。

「ええかラーネ。その無駄に長い耳の穴かっぽじってよく聞きや」

「なによ……」

「次、うちのハーレム……じゃなかった。うちの友達に難癖つけたら――」

ミヤビはいつもの穏やかな眼差《まなざ》しを消して、威圧を込めた眼力でラーネを睨みつける。

「■■■■して■■■■すんぞコラ」

言動があまりにも過激な内容だった為、ゲーム内に施された規制機能が発動した。

そしてミヤビは《胡蝶》たちに最後の起爆命令を出す。

「――《胡蝶炎舞《こちょうえんぶ》》」

無数の《胡蝶》たちは花火のように爆散し、ラーネのＨＰを完全に消滅させた。

◆□◆

「いや～一時はどうなることかと思いましたけど。なんとかなりましたね～」

「当然ね！　やっぱりロケットパンチは大体のことをいい感じに解決してくれるわ！」

「なんやねんそのアバウトな表現は……」

「あはは」

《コープスベル》を退けた《リアンシエル》の面々はミヤビの治癒スキルで回復を済ませ、ダンジョンを後にして近場の街へと向かっていた。

当初の予定とは少し違ってしまったが、ラーネたちを倒したことでそれなりに経験値を稼ぐことができたので、今日はこの辺で宿にでも入ってお開きにする予定だ。

そして仲間たちと談笑していたクロは、内心で高揚していた。

確信したからだ。


――《リアンシエル》はこれからもっと強くなる。


まずエリカは終始アイラに翻弄されていたが、最後まで諦めず、自分の特性を最大限に生かせるタイミングを見極め、見事に逆転勝利を収めた。

あの打たれ強さと、盤上をひっくり返せる《ロケットパンチ》という切り札はきっとこれから先も頼りになるだろう。

ヒカリはレベルも技術も格上のルーベを相手に、優れた観察力で隙を見つけ瞬時に戦術を構築して戦いを制した。

本人は自覚がないのかもしれないが、クロから見てもヒカリの成長速度は異常だ。

もしこのままヒカリがさらなる経験を積んでいけば、間違いなくシャドアサでも有数の実力者として名を馳《は》せることになるとクロは確信した。

ミヤビの相手だったラーネはAPを主軸に戦う《呪術師《ソーサラー》》には天敵ともいえる《使い魔》を操っていた。だがミヤビはそれを純粋な実力と知略で完封してみせた。

しかもクロの見立てでは、ミヤビはまだ本気を出していない。

それが味方ながら頼もしくもあり、そして同時に少し恐ろしいと感じた。

間違いなく、クロがシャドアサの中で敵に回したくない暗殺者の一人に入る。

（私、もしかすると凄《すご》いメンバーとクランを作っちゃったかもなぁ……）

そう考えると凄くワクワクして、これからみんなと一緒に強くなれることが誇らしかった。

そしてクロは密《ひそ》かに想いを胸に抱く。

この三人が認めてくれるようなリーダーになりたいと——

◆□◆

最寄りの街に到着した四人は適当な宿屋に入って休憩を取ることにした。

少女たちはそれぞれ武装を解除、ラフな格好で一つしかない大きめのベッドに寝転がる。

本当は人数分のベッドがある広い部屋を借りたかったのだが、生憎《あいにく》と今はこの部屋しか空きがないとのことだった。

「でもやっぱりちょっと狭いわね……」

「まあいいじゃないですか師匠。なんか修学旅行みたいで楽しいですし！」

「まだ行ってないでしょ修学旅行」

「いやそうですけど、たぶんこんな感じですよ！」

「そうかなぁ……」

本当にこんな感じであればクロとしても嬉しい限りなのだが、未だにヒカリ以外のクラスメイトとまともにコミュニケーションを取れていない現状を考えると、あまり楽観的にはなれなかった。

「クロちゃんとヒカリちゃんの学校って修学旅行どこに行くん？」

「ん～例年通りなら京都っぽいかな。あ、もしかすると二人に会えちゃったりするかも！」

「いやいや、ミヤビとエリカだって学校があるんだからそれは無理でしょう」

「あ、そっか……残念……」

「ん？　別に一日くらいならサボってもええで？　なあエリカ？」

「そうね！　わたし風邪とか全然引かないけど！」

「いや流石にそれはダメなんじゃ……」

「あはは～冗談やって冗談。そんなことする訳ないやんか～」

「本当かな……」

少なくともエリカは本気で言っていたように思う。

すると、ヒカリは仰向けに天井を眺めながら呟いた。

「でも、なんかいいですねこういうの」

「なにが？」とクロが聞き返す。

「ん～うまく言葉にできないんですけど。みんなと過ごしてると、凄く落ち着くというか。勿論《もちろん》一緒に戦うのも凄く楽しいんですけど、こうしてる時間もいいな～って思ったりして」

「まあ、それは確かに分かるけど――」

一人で過ごすマイルームと違い、友人たちと緩やかな時間を共有する空間というのは心地が好《よ》い。これも一人でプレイしていた時には知らなかったことだ。

「もっと食べられるって言ってるでしょ！」

その時、エリカが突然謎の大声を発した。

「……え、今のなに？」

クロはエリカの方を見たが、彼女は既にスヤスヤと寝息を立てている。

「え、ちょっと待って……もしかして、今の寝言？」

「そう、みたいですね……」

「あ～二人は初めてやったか。エリカはな、奇天烈《きてれつ》な寝言を生み出す天才なんよ」

「「なにその無駄な才能……」」

「ふっふっふ、百聞は一見に如《し》かず。まあ見ときや……」

そう言うとミヤビは、寝ているエリカの耳元に口を近づける。

「お客さ～ん。そろそろ閉店のお時間ですよ～」

「了解！　現時刻を以《もっ》て発進するわ！」

「「ぷッ！」」

エリカの奇怪な寝言に、クロとヒカリは同時に噴き出した。

「え、ちょっと待って、これ面白すぎない？」

「どこに行くの……エリカちゃんどこに発進しちゃうの……？」

続けてミヤビは声を野太い男性風にしてエリカに話しかけた。

「エリカ～廊下に立っとれ～」

「もう立ってるわよ！」

「「ぶはッ」」

クロとヒカリは完全にツボに入ってしまい、口元を必死で押さえた。

それからミヤビは何度かエリカを使って二人を爆笑の渦へと引きずり込んだ。

その後、結局ヒカリは笑い疲れて、エリカに続いて眠りについてしまった。

シャドアサにおける睡眠行為は単純に精神的な疲労を回復する効果がある。しかしそれが三十分以上続くと、ゲームから強制的にログアウトする仕様になっているのだ。

今回ヒカリとエリカはかなり疲れていたようだし、恐らくはこのままログアウトしてしまうだろう。

「今日はこのままお開きにしたほうがよさそうね」

「了解や。うちも今回はちょっと疲れたわ」

ミヤビはエリカのツインテールを指先で弄《いじ》りながら額に手の甲を乗せた。

やはり彼女も相当無理をしたらしい。

「ヒカリちゃんやないけど、こういう他人の目を気にしないで落ち着ける場所っていうのは大事やね。今回の戦いで改めてそう感じたわ」

「そうね。外はどこの誰が監視しているのか分かりづらいし……」

街中でのＨＰを削り合う戦闘行為はシステム上できないが、他者の跡を付けたり、会話を盗み聞きしたりすることはできる。

いくら警戒をしていても、相手が高レベルの暗殺者だった場合はギリギリまで襲撃を察知するのは困難だ。

今までクロはソロで、しかも影が薄い体質だったので、そういった被害に遭うことは稀《まれ》だった。

だがこれからクランとして活動していくとなれば、リーダーとして何かしらの対策を取った方がいいだろう。

（もっとみんなが安全に、ゆっくり過ごせる拠点みたいなものがあればいいんだけど……）

毎回宿屋で休憩するというのは出費が大きい。手間を承知で一旦ログアウトし、現実世界で通話するという手もあるが、できればゲーム内で落ち着ける場所が欲しいところだ。

「…………あ！」

「ん？　どうしたんクロちゃん」

「そうだよ。場所がないなら作ればいいじゃん」

そしてクロは新しい目的について宣言する。

「――作ろう。みんなが安心して過ごせる場所。《リアンシエル》のクランホームを！」

第三章　チョコレートパニック

二月七日。日曜日。午後五時すぎ。

小夜《さや》は自室で、とある人物と電話をしていた。

『――なるほど、クラン専用のマイホームですか』

電話口から、透き通った綺麗《きれい》な声が小夜の耳に響く。

真白冬華《ましろとうか》。彼女はシャドアサ内ではカーネスという名前の暗殺者で、ゲーム内で最大の狙撃手《スナイパー》クラン《ホワイトバレッツ》のリーダーを務めている人物だ。

何故《なぜ》、小夜が冬華と電話をしているのか。

それは先日の《コープスベル》との一件を経て、メンバー全員が安心できる場所を作りたいと考えたクロが、《リアンシエル》専用のクランホームを購入することを決めたからだ。

シャドアサのクランホームは住民の許可なしに他のプレイヤーが侵入することができない絶対不可侵領域な為《ため》、拠点としてこれ以上安全な場所はない。

しかしクランホームの購入には非常に多額のクレジットが必要になる。

たとえ小規模な物件であっても、個人用のマイホームと比べれば、その金額は雲泥の差だ。

因《ちな》みにクランホームは課金項目の対象外となっている為、リアルマネーで解決するということもできない。

さらにクランホームは売却時の還元率が悪い為、購入には慎重を期す必要があるのだ。

そこで小夜が相談役に選んだのが、今電話している冬華である。

総勢200人を超えるクランのリーダーであり、最強の暗殺者とも名高い冬華／カーネスであれば、なにか良《い》いアドバイスをくれるのではないかと思ったのだ。

『よろしいんじゃないかしら。私もいくつか持っていますけど。中々便利なものですよ』

「え、いくつも持ってるんですか？　クランホームを？」

『ええ、本部が一つと。支部が三つ。後はアイテム生産用や演習場として二つほど』

「なんか家っていうか会社みたいですね……」

『うふふ、それは言い得て妙かもしれませんね。——しかし話は分かりました。私の方で最新のカタログや優良店、腕のある職人をリストアップして送らせていただきますね』

「あ、ありがとうございます！」

電話だというのに小夜は無意識に頭を下げてお礼を言う。

まさかここまで手厚いサポートをしてくれるとは。

『とりあえず、明日の夜までお時間頂けますでしょうか。実は最近、仕事の方が立て込んでいまして』

「頼んでいる側なので、時間は気にしないでください。でも立て込んでいるって、冬華さん、どんなお仕事されてるんでしたっけ？」

『色々やっていますけど。今は主にコンサル関係ですね』

「コンサル……確か『ブルータス、お前もか』で有名な……」

『それはカエサルです……。まあ簡単に言うと、クライアントの相談に乗ったり、事業プランを考えたりする仕事です』

「へぇ〜。お休みとかちゃんとあるんですか？」

『まちまちですけど。今抱えている案件が終わったら、来週のバレンタインデーに備えてお菓子作りでもしようと思ってますね』

「…………」

『ん？　小夜さん？　どうかなさいましたか？　もしも〜し？』

「忘れてた……」

『え？』

「私、バレンタインのこと、すっかり忘れてました……」

◆□◆

冬華と電話をした後、小夜は家族と夕食を食べていた。

リビングに置かれたテレビではこれ見よがしにバレンタイン特集が放送されており、企業の猛烈なチョコプッシュが目につく。

「そっか～今年もバレンタインの季節なのか～」

小夜の父がテレビを見ながら、わざとらしい声で言った。

「そっか～バレンタインか～。もうそんな時期なんだな～」

「お父さん」

「お、なんだ小夜。今年はお父さんにチョコをくれるのか？」

「今考え事してるから、ちょっと静かにしてて」

「……はい」

未《いま》だに子煩悩な父親を一蹴した小夜は、黙々と夕食を口に運ぶ。

まさか花の女子高校生がバレンタインデーの存在を忘れてしまうとは……

きっと日本中でも稀有《けう》なタイプに違いない。

そもそも、小夜は世間的なイベントや学校行事に対しての意識が非常に薄い。

中学時代からそうだったが、シャドアサを始めてからは特にその傾向が強くなった。

高校に入学してから色々と青春を謳歌《おうか》できるチャンスはあった筈《はず》なのに、まったくといっていいほど記憶に残っていない。——といっても、シャドアサ内の定期イベントはしっかり参加していたのだが。

しかし現実では、クリスマスもお正月も家に引きこもり。

学校の体育祭も文化祭も、ただ隅っこで背景と同化していた。

微《かす》かに覚えているのは、どの学校イベントでも明美《あけみ》がやたら活躍していたことくらいだ。

でも記憶しているのは本当にそのくらいで。

バレンタインデーも、小夜にとっては単に『安くなったチョコを食べられる日』以上の意味を持っていなかった。

生まれてから十六年間、恋愛経験はおろか、友人すらまともにいなかったのが原因なのは言うまでもない。

が、しかし、今年は違う。

何を隠そう、小夜はシャドアサを始めてから友達ができたのだ。

なんでも、世間的には友人間でチョコを交換するのはごく当たり前だと聞く。

であれば小夜が動かない理由はない。

今年はなんとしても友達にチョコを渡す。

クラスメイトである明美は勿論《もちろん》として。ミヤビとエリカにも直接渡したいところだが、二人は京都に住んでいるため、今回はゲーム内でなにかプレゼントすることにしよう。

問題は現実世界で明美にあげるチョコだ。

(明美のことだから、きっと沢山の人からチョコを貰《もら》うわよね……)

あの大人気ギャルのことだ。男女問わず大量のチョコレートを貰うことになるだろう。

そうなると、小夜の渡したチョコはその中に埋もれてしまうことになる。

それはある意味で仕方ないことだと理解しつつも、やっぱりなんだか悔しい気がした。

だから、どうせ渡すのなら、特別なものを渡したい。

そしてできることなら、明美に喜んで欲しい。

「ごちそうさま！」

小夜は夕食を食べ終えると、食器を流し台においで足早に自室へと戻った。

携帯でネットにアクセスし、検索をかける。

——『美味《おい》しいチョコスイーツの作り方』と。

◆□◆

翌日の二月八日。小夜は明美と一緒に登校していた。

実は家が近所だと分かってからは、一緒に登校する機会が増えたのである。

「小夜っち、今日は凄《すご》く眠そうだね？　なんかあったの？」

「まあ色々と調べものをね……」

そう言った小夜の目の下にはガッツリと隈《くま》ができていた。

昨日は結局、ネットでチョコの作り方を調べすぎてまともに寝られなかった。

果たして明美はどういうチョコなら喜んでくれるのだろうか？

小夜の中ではその疑問がずっと渦巻いている。

　そんなこと本人に直接聞けば全て解決するのだろうが、恥ずかしくてどうも行動に移せないのが如月《きさらぎ》小夜という少女である。

（もっと素直になれたらなぁ……）

　そうすればもっと明美と仲良くできるかもしれないのに。

　なんて、少し自己嫌悪交じりのことを考えていた時だった。

「そういえば、もうすぐバレンタインだよね～」

「ッ！」

　小夜の心臓がドクンッと跳ねた。

「あ、あ～バレンタインか～そんなイベントもあったっけ～」

　なんかわざとらしすぎて、中学生男子のようなリアクションを取ってしまった。

　だがこれはチャンスかもしれない。

（今なら自然な流れで明美の好みを聞けるかも！）

　どうにか小夜が話題を広げようとしていた時、

「おっす～！　明美～！」

　フランクな挨拶をしながら、明美の肩を叩《たた》く人物が現れた。

　それはショートヘアのボーイッシュな女子生徒。

　小夜はその顔に見覚えがあった。確か同じクラスの宮本瑠璃《みやもとるり》だ。

「あ、ルリルリ～。おは～！　今日は陸上部の朝練ないの？」

「そんなの寝坊かましたに決まってるじゃん。あ〜絶対顧問に説教されるわ〜つれ〜」

と、そこで瑠璃は急に眼《め》を細めて小夜の方を見てきた。

「ん？　むむ、もしかして、そこにいるのは……如月、さん？」

瑠璃は遅れて小夜の存在に気が付いたようだった。

相変わらずな自分の影の薄さに、小夜は苦笑しつつも挨拶を返す。

「お、おはよう宮本さん……」

「おお〜！　やっぱり如月さんだ！　ていうか如月さんが挨拶してくれたぞ！　そんな声してたのか！　これはなにか良いことがあるかもしれん！　——ってあいたッ⁉」

突然、明美は瑠璃の頭に軽いチョップを振り下ろした。

「もう、ルリルリったら。小夜っちに失礼でしょ」

どうやら気を遣ってくれたらしい。

「ごめんね小夜っち。ルリルリも悪い子じゃないの。ちょっとフランクすぎるだけでさ」

「ああいや、私は別に気にしてないから」

「おお〜！　明美の言っていた通り、本当に優しいんだな〜！」

「え？　明美が言ってたって……なんの話？」

小夜が聞き返すと、瑠璃は不思議そうな表情で首を傾《かし》げる。

「あれ、知らないの？　明美って私たちと話す時はいっつも如月さんの話ば——むごッ⁉」

言葉の途中で、明美が俊敏な動きで瑠璃の口を塞いだ。

「あははは！　もうルリルリったら！　まだ寝ぼけてるの？　あ、いっけない。アタシ今日は日直だった気がする！　学校までダッシュしなくちゃ！　それじゃあまた教室でね小夜っち！　ほら、いくよルリルリ！」

「ええ!?　なんで私も!?」

「うっさい！　ほら走って陸上部！」

明美は困惑する瑠璃を強引に引っ張り、物凄《ものすご》い速さで学校へ向かっていった。

結局、明美が友人たちに小夜のどんな話をしていたかは分からず終《じま》い。

いや、それよりも……

「チョコのこと聞きそびれちゃったな……」

◆□◆

その日、小夜は学校を上の空な状態で過ごした。

まさか現実世界のイベントでここまで悩むことになるとは……

結局タイミングを逃して明美の好みは聞けなかったが、それはもういい。

今は考えるよりも行動あるのみだ。

小夜は学校が終わってから、帰り道で購入した材料をキッチンに並べていた。

「よし！　やるぞ！」

エプロンを巻いて髪を縛り、スマホで調理動画を見ながら試作に取り掛かる。

どうせなら溶かして固めるだけでなく、味や見た目にもこだわったお洒落《しゃれ》なスイーツを作りたい。

正直、料理はあまり得意ではない……というより苦手だ。

しかし、だからといって諦める訳にはいかない。

特別なチョコを作り、明美に喜んでもらう為に。


――そして、小夜がチョコを作り始めてから数十分後。


「――で、これはなに？」

盛大にキッチンを散らかした小夜は、仕事から帰ってきた母親に説教をされていた。

「まったく、珍しくキッチンを使っていたと思えば……よくまあ、ここまで散らかせたものね……」

「……ごめんなさい」

始めた当初はやる気に満《み》ち溢《あふ》れていた小夜だったが、中盤からまるでドミノ倒しの如《ごと》く失敗が続いてしまった。

落として割れる皿、焦げる鍋、何故か煙を出すオーブン。しまいには転んでぶちまけた材料が床に散乱し、キッチン周辺は見るも無残な事故現場と化していた。

「今後キッチンを使う時はお母さんが傍《そば》にいる時だけにしなさい。分かった？」

「はい……」

「失敗したチョコはお父さんにあげましょう。あの人なら泣いて喜んで食べるだろうし」

「はい……」

「掃除はお母さんがやっておくから、あなたは部屋に行ってなさい」

「……はい」

キッチンから追い出された小夜はエプロンを外し、重い足取りで自室へと戻る。

そして部屋に入るなりベッドに倒れ込んで、重苦しい溜息《ためいき》を吐《つ》いた。

まったく自分の不器用さに嫌気がさす。いや、そもそもこれは今まで料理などしてこなかった自分自身の怠慢が招いた結果なのだが。

「……やっぱり誰かと一緒に作った方がよかったかな」

やはり日頃から料理をしている人間にサポートしてもらった方が確実だ。

本当は自分一人の力でなんとかしたかったが、このままではチョコを完成させることすらできそうもない。

「でも今更お母さんに頼むのもなぁ……」

キッチンの後始末までさせておいて、さらに面倒をかけるのも気が引ける。

しかもそれだと、ほとんど母親が作ってしまう気がするのでやはりダメだ。

「いっそ明美と一緒に作るのもありだけど……」

それはそれで結構楽しいと思うが、今回は明美を驚かせたいという演出的意図がある。

今回はできるだけ自分の力で頑張ってみたい。そうじゃないと意味がない気がする。

見栄《みえ》っ張《ば》り。そんな言葉が頭をよぎったが、小夜はあえて気にしないことにした。

と、そこで携帯にメッセージアプリからの通知が入る。

画面を覗《のぞ》くと、相手は冬華だった。

『お疲れ様です。昨日のクランホームの件について、資料を作成しましたので。データを送らせていただきますね』

メッセージの後にはいくつかのデータファイルが添付されていた。

「流石《さすが》冬華さん、仕事が早いな～」

小夜はデータをダウンロードし、早速冬華にお礼のメッセージを送る。

『ありがとうございます。本当に助かります！』

『とんでもない。これくらいのことで良かったらいつでも仰《おっしゃ》ってください』

その寛大で慈悲深い大人の精神に、小夜は尊敬の念を抱いた。

いつか自分もこんな素敵な女性になりたい。あと純粋にこんなお姉ちゃんが欲しかった。

「あ、そうだ。ダメ元で聞いてみようかな」

せっかくなので、小夜は冬華にチョコレート作りのレクチャーを依頼することにした。

シャドアサとはまったく関係のないことなので流石に望みは薄いかもしれないが、聞くだけなら別にいいだろう。

『あの、冬華さん。実はもう一つお願いしたいことがあるんですけど……』

『なんですか？』

『実はその……来週のバレンタインに向けてチョコを作っているんですけど。中々上手《うま》く作れなくて、できれば美味しいチョコの作り方を教えて頂けないかなと……。勿論、無理にとは言いません。忙しかったら普通に断ってくれて大丈夫ですから！　いや本当に！』

『いいですよ』

秒で返事が来た。

『丁度私もチョコを作ろうと思っていたので。今週の土曜日とか予定はありますか？』

『え、別に暇ですけど……』

『そうですか。なら私の家で一緒に作りましょう！』

「……………………え？」

思わず声が漏れてしまった。

ここに来て、まさかのイベント発生である。

◆□◆

二月十三日。土曜日。午後二時頃。

小夜は自宅の前に立っていた。

服装はロングコートにグレーのセーターに、長すぎず短すぎないごく普通のスカートだ。

鞄《かばん》の中にはお願いを聞いてくれた冬華に渡す用のお土産が入っている。

まさか冬華の実家に誘われるとは思いもしなかった。きっと明美が知ったら羨ましがるに違いない。バレンタインが終わったら自慢しよう。

予定では冬華が迎えに来てくれるとのことだったが、未だ周囲に人の気配はない。

「――ん？」

ふと小夜が右側の道に視線を向けると、一台の車が颯爽《さっそう》と走ってくるのが見えた。

「まさか……」

白いボディにキラリと太陽光を反射させたその車は、小夜の眼前で滑らかに停止する。

あまり小夜は車に詳しくないが、たぶんこの車はお高いに違いない。

ほどなく助手席側のドアウィンドウが降りると、奥の運転席にはどう見ても十代くらいの少女にしか見えない銀髪の女性――真白冬華が座っていた。

「ごきげんよう小夜さん。それでは早速行きましょうか」

「あ、あはは……」

最早《もはや》小夜には、笑うことくらいしかリアクションのしようがなかった。

◆◇◆

冬華の実家である真白家本邸は、小夜の家から車で二十分ほど離れたところにあるとのことだった。しかし――

（なんだろう……快適すぎて逆に落ち着かない……！）

如月家の車（父親のお気に入り）とは明らかに違う極上の乗り心地に、小夜は緊張しまくっていた。

なんというか、変に背筋が伸びてしまう。まるで神様に礼儀正しくせよと言われているように。

それに車内には優雅なクラシック音楽が流れているし、手入れも細かいところまで行き届いていて埃《ほこり》一つない。最早ちょっとした異空間だ。

「どうしたんですか小夜さん？　先ほどからソワソワしているようですけど」

「ああいえ、なんか冬華さんの車が凄すぎて……うちのセールで買った中古車とは大違いですよ……」

「うふふ、ありがとうございます。今日は小夜さんをお迎えに行くということで、一番のお気に入りで来ちゃいました」

「あ、他にも持ってるんですね……車……」

冬華と会話をしていると、色々な感覚がバグってしまいそうになる。

だがそれも当然だ。以前《ＡＫＦ》の祝賀会で聞いた話だと、真白家は世界でも有数の資産家らしく、冬華は若くしてその当主を務めているという。

なんでも十年ほど前に事故で両親を亡くし、冬華が家督を継ぐことになったらしい。

そしてその類まれなる才覚を活《い》かし、真白家は更なる発展を遂げたのだとか。

まるでドラマのような話だが、本当のことだというのだから驚きである。

「でも冬華さんって自分で運転とかするんですね」

車が赤信号で停止したタイミングで、小夜はふとそんなことを口にした。

「私、てっきり専属の運転手とかいるのかと思ってました」

「いることにはいるのですけど。あまり他人にはさせませんね」

「それは、他人の運転だと酔っちゃうからとかですか？」

「いえ、単純に私が一番上手く運転できるので、それなら自分でした方がいいかな～と」

「ああ、なるほど……」

冬華の言動に、小夜はこれ以上ないほど納得した。

合理的。冬華という人物を言い表すのにこれほど的確な言葉もない。

「む、もしかして小夜さんは私の運転技術に疑問を抱いているのでは？」

「え？　いや別にそんなことは……」

「仕方ありません。ここはモナコのレースで鍛えた私の実力をお見せいたしましょう」

「あの、冬華さん、私の話聞いてますか？　ていうかモナコって？」

「大丈夫です。道路交通法はきちんと守りますから」

「冬華さん？　一体なにを言っていいいいい⁉」

信号機が青に変わった瞬間、冬華はアクセルを勢い良く踏んで車を急発進させた。

それからのことを小夜はあまり覚えていない。

ただ確かなのは、冬華のドライビングテクニックはかなりエキセントリックだということだけである。

◆□◆

非常に刺激的なドライブを経て、小夜は冬華の実家である真白家本邸に到着していた。

予想はしていたが、真白家はかなりの大豪邸であり、まるで西洋の由緒正しいお屋敷《やしき》だった。

やたらと大きな正門。噴水付きの美しい庭園。なにもかもが小夜の予想を遥《はる》かに超えている。

屋敷に入ると「お帰りなさいませ。冬華様」と十人ほどのメイドたちが一糸乱れぬ所作で頭を下げた。

（凄い……漫画やドラマで見たような光景が目の前に！）

いつしか小夜の緊張は解《ほぐ》れ、脳が状況を楽しみ始めていた。

するとー人のメイドが小夜に近づき、

「いらっしゃいませ如月様。よろしければ、コートとお手荷物をお預かりいたします」

「え、あ、はい……ありがとうございます」

メイドは流れるような動きでコートやら荷物やらを預かってくれた。

その際に、小夜は鞄に入っていたお土産をメイドへと渡す。

「あの、これ、よかったらみなさんで食べてください。人数分あるかどうかは分かりませんけど……」

「わざわざありがとうございます。頂戴いたします」

(ああ……こんなことなら、もっと高級なお菓子にすれば良かった……)

ささやかな後悔の後、小夜は早速冬華に連れられて真白家のキッチンへと案内された。

そこには見たこともないハイテク調理器具が並び、銀色の調理台には数多くのチョコレートが取《と》り揃《そろ》えられている。

「それでは張り切ってチョコを作っていきましょうか」

「は、はい！　よろしくお願いします冬華先生！」

お互いにエプロン姿になった二人は、早速チョコ作りを開始した。

「冬華さんは誰にチョコを作るんですか？」

「基本的には日頃の感謝を込めて屋敷で働いているメイドたち、後は弟ですかね。そういう小夜さんは明美さんにですよね？」

「なんで分かったんですか⁉　隠してたのに！」

「隠せているつもりだったんですね……」

恥ずかしいから黙っていたのだが、冬華にはお見通しのようだった。

「うふふ、小夜さんは本当に可愛《かわい》いですね」

冬華は足音もなく小夜に近寄って、魅惑的な上目遣いで囁《ささや》く。

「そんなに可愛いと、チョコレートよりも先に食べたくなっちゃいますね」

「え、ええええ⁉」

「な～んて。冗談ですよ。でもやっぱり可愛い反応……ふふふッ」

（か、からかわれた⁉）

冬華は小夜の反応がツボに入ったのか、顔を背けて肩を震わせていた。

もしかすると、案外冗談が好きな人なのかもしれない。

その後は動画よりも数段分かりやすい冬華の解説を受け、小夜は不器用ながらも手を動かしていった。

とりあえずいくつか試作をして、そこから一番上手にできたものを明美にあげる予定だ。

「そういえば小夜さん、クランホームの資金集めはどうですか？」

「ああ、今クランのみんなでがんばっているところです。でもやっぱり、クランホームってどれも高いんですね……目標金額までは結構かかりそうです……」

「そうですか。またなにか、力になれることがあったら遠慮なく仰ってくださいね」

「ありがとうございます。だけど私も冬華さんみたいに立派なリーダーになりたいので、もう少し自分で考えてみます」

冬華にはもう充分サポートしてもらった。ここからは自分の力で、リーダーとして、メンバーの為にがんばっていきたい。

「でもシャドアサって、なんであんなにリソース周りの仕様がシビアなんですかね？」

「ああ、それはたぶん開発者……私の友人の性格が最悪なのが原因でしょうね」

「そういえばシャドアサって冬華さんと、そのお友達で作ったゲームなんでしたっけ？」

《AKF》の決勝で戦った時、確かそんなことを言っていたと記憶している。

「あれ、でもシャドアサって確かサイレンスカンパニーって会社が出してるゲームだったような……」

サイレンスカンパニー。公開している事業内容はシャドアサの運営のみであり、それ以外の情報は一切が謎に包まれている企業だ。

「サイレンスカンパニーは友人が大学時代に作った会社ですね」

「え、大学時代に会社を……それはまた凄い……」

「作ったといっても、社員はその友人一人だけで、私はそれに協力した形なんですけどね」

それから冬華はどこか懐かしむような表情で話を続けた。

「当時大学一年生だった私は、色々あって他人を避けていたんです。でもある日突然、声をかけてきた人がいたんです。『一緒に世界一面白いゲームを作らないかい？』って」

「それはまた……凄い自信ですね……」

年代的に、当時はＶＲゲームが大流行して既にいくつも神ゲーと呼ばれるタイトルがリリースされていた筈だ。

それなのに、そんなことを堂々と公言できる人間はそう多くないだろう。

「うふふ、まああの人がかなりの自信家だったことは否定しません。でも間違いなく天才ではありましたね。それこそ私と並ぶほどの」

「へ～……」

冬華をしてそこまで言わしめるほどの人物がいるとは。一体どんな超人なのだろう？

小夜はその開発者にだんだん興味が湧いてきた。ちょっと会ってみたい気もする。

「それで、冬華さんはそのお友達と一緒にシャドアサを作ることになったと？」

「まあ紆余曲折《うよきょくせつ》の末に……という言葉が頭に付きますけどね」

冬華は溶かしたチョコを型に流し込みながら笑った。

「私はあくまでアバターのモーションテストを手伝っただけで、システムの構築やらその他全てのことは全部その友人が一人でやっていましたね」

「一人で⁉」

小夜にはゲーム作りというものがどの程度大変なのか想像もつかないが、それが凄いことだということだけは分かる。

「それから大学時代の四年間を費やしてシャドアサは完成しました」

「たった四年で……」

「はい。ですがゲームをリリースした後、その友人は突然姿を消してしまったんです……」

「……え？」

小夜は調理の手を止めた。

「消えたって……なにかあったんですか？」

「それは私にも分かりません……。ある日突然、消息を絶ってしまったんです。『少しだけ日本を離れる。君は存分にゲームを楽しんでくれたまえ。そうすればきっとまた会える』と書かれた置手紙《おきてがみ》だけを残して」

「そういうのって、警察とかには……？」

小夜が尋ねると、冬華は首を横に振った。

「私も色々な手段を使って捜しましたが、手掛かりはなにも得られませんでした」

「そう、だったんですか……」

「サイレンスカンパニーがシャドアサの運営を続けている以上、無事だとは思うんですけどね。まったく、連絡の一つもよこさないで……本当になにを考えているのか分からない人です」

溜息交じりに冬華は言う。

シャドアサの生みの親である人物の失踪。それは小夜にとっても衝撃的な事実だった。

それに、仲の良い友人が行方不明になってしまった冬華の心境を思うと、やはり胸が苦しくなってしまう。

「あ、ごめんなさい。ちょっと暗い話になってしまいましたね。でも安心してください。私は別に諦めた訳ではありませんから。今でも友人の捜索は継続していますし」

「そうですか」

「はい。こう見えて私、結構執念深いんです。狙った獲物は絶対に逃がしたりしません」

「あはは……流石は《ホワイトバレッツ》のリーダーですね」

「うふふ、それは褒め言葉として受け取っておきますね」

冬華は可愛らしくウィンクをすると、鼻歌交じりに調理を再開した。

◆□◆

チョコ作りが始まって二時間後。調理はいよいよ仕上げの段階に差し掛かっていた。

「いい感じですね。小夜さん、そこにあるお皿を三枚取って頂けますか？」

「はい！　分かりました！」

と、小夜が皿を手に取り冬華に手渡そうとした時だった。

「あ!?」

足がもつれた小夜が転んだことで、持っていた皿(明らかに高級品)が空中を舞った。

「ッ!」

だが冬華が俊敏で華麗な動きで皿をキャッチ。テーブルに置いた。

もしこれがなにかの競技だとしたら、審査員は全員満点評価をするだろう。

「ふぅ——小夜さん、怪我《けが》はありませんか?」

「あ、はい……ごめんなさい私……どんくさくて……」

「気にしないでください。私が完璧にサポートしますから!」

「冬華さん……」

まさに聖母の如き冬華の姿に小夜は涙を浮かべる。

それから小夜が起こす些細《ささい》なトラブル(ドジ)は、冬華の絶妙なサポートによりどうにか大事に至らずに済んだ。

そのお陰で、かなりの種類のチョコレートを試作することができた。

ケーキにクッキー、プリンにブラウニー。それと小夜が聞いたこともない名前のお菓子まで。もう一生分のチョコレート菓子を作った気がする。

「ふぅ、張り切って少々作り過ぎてしまいましたね」

「そうですね……」

若干胸焼けがするほどのチョコレートスイーツを前に小夜は苦笑する。

「でもこんなに沢山試食できるかな?」

「ああ、それについては問題ありません。特別ゲストを呼んできますから」

「特別ゲスト？」

「はい、ちょっと待っていてくださいね」

そう言うと、冬華は一度キッチンを出ていった。

――それから数分後。

「で、なんで俺はここに呼ばれたんだよ」

キッチンにやってきたのは高身長で目付きの悪い冬華の実弟――真白冬真《とうま》だった。

彼はシャドアサでロイドという名前の《狙撃手《スナイパー》》であり、小夜／クロとは少しばかり因縁がある青年だ。

小夜は冬華の後ろに隠れて、冬真の顔をそっと覗いた。

相変わらず顔が怖い。それに突然呼びつけられたからか、かなり不機嫌指数が高い表情をしている。

そんなご機嫌斜めな弟を前に、姉である冬華はニコニコと笑いながら呼び出したわけを説明する。

「実はお姉ちゃんと小夜さんでバレンタインのチョコを試作したの。でもちょっと作り過ぎちゃって、だから味見を手伝って欲しいの」

「はぁ？　なんで俺がそんなくだらねえことを……」

「あら、お姉ちゃんのお願いを聞いてくれないの？」

「ッ⁉」

凍《い》てつくような冬華の言葉に気圧《けお》されて、冬真は肩をびくりと震わせる。

「味見、手伝ってくれるわよね？」

「……分かったよ。食えばいいんだろ食えば！」

「うふふ、いい子ね」

（弟って立場も意外と大変なんだなぁ……）

二人のやり取りを見ていた小夜は、少しだけ冬真に同情した。

「おい、なに見てんだよ如月小夜。俺の顔になんかついてんのか？」

「ヒィッ⁉　ごめんなさい！　だから殴らないで！」

「人を勝手に最低人間扱いするんじゃねぇ！」

「まあ、そう思われても仕方ないわね。冬真って目付きが悪いもの」

「ほっとけ！」

それから三人はチョコレートの試食を始めた。まずは無難なところでクッキーから。

「ん、これ美味しい！　これ本当に私が作ったやつですか⁉」

「そうですよ小夜さん。これらは全部あなたの努力の賜物《たまもの》です。ああ、手伝った私もなんだか凄く報われた気持ちになってきました……」

「すげえ、姉ちゃんが泣いてる……あの冷酷無比が服着てるような姉ちゃ――がッ⁉」

冬華による無言の肘鉄が冬真の腹部に直撃した。

その後も試食は続き、ほぼ全種類のチョコを食べ終えた小夜は、どれを明美に渡すべきか改めて悩む。

「ん～味は全部美味しかったけど……どれがいいんだろう……」

一体どれをあげれば明美は一番喜んでくれるだろうか。

いっそ全部あげてしまうという手もあるが、それはそれで重い気がしないでもない。

小夜が眉間を狭めながら熟考していると、冬真が携帯を弄《いじ》りながらぼそっと口を開いた。

「別にどれでもいいんじゃねえの？」

「ちょっと冬真、適当なことを言ってはダメじゃない。小夜さんは真剣に悩んでいるんだから」

「いや、そうじゃなくてよ――」

と、冬真は一度言葉を切って、携帯の画面から視線を外さないまま言葉を続けた。

「こういうのって、どんなものを貰ったかじゃなくて、誰から貰ったかが重要なんじゃねえの？　あのギャルのことだ。あんたが頑張って作ったって分かれば、それだけで大喜びすんだろ」

「「…………」」

「な、なんだよ二人して変な目で見やがって。俺なんかおかしなこと言ったかよ！」

「いや、なんかちょっと意外っていうか。随分見た目とかけ離れたことを言うんだなって」

「なッ⁉」

「冬真ったら、いつの間にかこんなに成長していたのね。お姉ちゃん嬉《うれ》しいわ……」

「――ッ⁉　別にそういうのじゃねえっつうの！」

自分が柄にもないことを言ったことに気付いたのか、冬真は赤面して立ち上がる。

「試食終わったんだからもう用はねえだろ！　俺は部屋に戻るからな！　クソがぁ！」

そう吐き捨てながら、冬真はキッチンから出て行ってしまった。

「やれやれ、思春期の弟というのはよく分かりませんね」

「まあ、今のは私たちが悪かったような気がしないでも……」

小夜は少しだけ反省する。だが冬真のお陰で、小夜は一番大事なことを思い出せた。

「冬華さん」

「なんですか？」

「弟さん……冬真くんにお礼を言っておいてください」

「……分かりました。伝えておきます」

「それから、今日は本当にありがとうございました。お陰で明日はなんとかなりそうです」

「それはなによりです。結局どれをお渡しするんですか？」

「最初に食べたクッキーにしようと思います。一番地味だけど、一番私らしいと思うの

で」

「そうですか。では陰ながら応援していますね」

「はい、ありがとうございます」

◆□◆

チョコ作りを終え、真白家を出た小夜はもう外が暗くなっているということで、冬華の車で家まで送ってもらうことになった。

またエキセントリックなドライブになるのではと、内心ドキドキしていた小夜だったが、どうやらそれは杞憂《きゆう》だったようで、帰路は緩やかな運転で自宅まで辿《たど》り着《つ》くことができた。

「小夜さん」

小夜が車から降りると、サイドウィンドウを下げた冬華が呼び止めてきた。

「もし、クランホームのことでお困りでしたら。ブ、ブ、ブックマンを捜してみるといいかもしれませんよ」

「え、ブックマンってあの？　本当に実在するんですか？」

それは、シャドアサ内に存在しているとされているユニークNPCの名前だった。

小夜自身まだ遭遇したことはないが、噂《うわさ》くらいは耳にしたことがある。

それは、シャドアサに関する全ての情報を保有していると言われている幻のＮＰＣ。

さらにブックマンは、ある特別なクエストの発生条件《フラグ》にもなると言われている。

「冬華さん……まさか私たちをあのクエストに挑戦させようとしてます？」

「うふふ、それはご想像にお任せします。それではよいバレンタインを——」

そう言い残して、白の高級車は颯爽と走り去っていった。

今日一日で、冬華のことを少し理解したつもりだったが。やはりまだまだ考えが読めない所がある。

それにあの笑顔からはなにかを企《たくら》んでいる、というより楽しみにしているような、そんな雰囲気を感じた。

「ブックマンか……」

小夜はその単語を頭の片隅にしまいつつ、手に持ったチョコレートクッキーの入った袋に視線を落とす。

「でもまずは、これをちゃんと渡せるかだよね……」

どうやら現実でも仮想でも、小夜がクリアしないといけない問題は尽きないようだった。

◆□◆

翌日。二月十四日。バレンタイン当日。

今日は日曜だが、模試があるので生徒は強制的に登校しなければならない日だ。

まさかバレンタインと模試が重なるなんて……。

「はぁ……なんかダブルで気が重いなぁ……」

正直模試に関してはなるようにしかならないが、せめてチョコはちゃんと渡したい。

しかし小夜が家を出る為に玄関を開けると、外には意外な人物が立っていた。

「え……明美？　なに、してるの？」

「あ、いやぁ……」

明美は少し頬を赤らめながら、小夜にある物を差し出してきた。

「その、これ、渡せるうちに渡しておこうと思って……」

それはピンクの包装紙と赤いリボンで、可愛らしくラッピングされた小さな箱だった。

「ほら、今日バレンタインデーじゃん？　だからその、友チョコ！　小夜っちはこういうの興味ないかもって思ったけど。やっぱり渡したくて……」

「あ、ありが、とう……」

明美からチョコを受け取った小夜は胸の奥が温かくなるのを感じた。

（そっか、明美も用意してくれてたんだ……）

当たり前のことなのにすっかり忘れていた。

バレンタインデーは誰か一人の為にあるのではない。

明美も小夜と同じで、チョコを渡そうとしてくれていたのだ。

それがなんだか、言葉にできないくらい。凄く、凄く、凄く——

「嬉しい……ありがとう……」

「本当⁉　よかった～！」

「でも、ちょっと悔しいかな」

「え？」

「だって、その……」

小夜は昨日作ったチョコレートクッキーを包んだ袋を鞄から取り出す。

そして、明美にそれを差し出して、

「私が先にあげようと思ってたから……」

「え、これアタシに？」

「それ以外にないでしょ。あと、一応手作りだから」

「ッ‼」

小夜からチョコを受け取った明美は花が咲いたように表情を明るくした。

「ありがとう！　すっごく嬉しいよ！」

「……そう、なら良かった」

二人はお互いにチョコを交換し、並んで歩きながら学校へと向かった。

外はまだ肌寒く、吐息は白に染まったままだ。

「来年は一緒に作ろうね！」

「……うん」

でもこの胸に広がる温《ぬく》もりが、不思議と寒さを忘れさせてくれた。

「ん～、やっぱりまだブックマンの情報は少ないか……」
二月二十五日。木曜日。午後八時頃。
場所はシャドアサ内にある小さな街の噴水広場。
そこでクロは一人ベンチに座り、ネットでブックマンの情報を集めていた。
冬華《とうか》によって示唆されたユニークNPC――ブックマンの存在。
シャドアサの開発に携わっていた彼女が言うのなら、その信憑性《しんぴょうせい》は格段に高くなる。
今後のことを考慮して捜索するとしても、ある程度情報を集めておくことは必要だ。
（みんなに相談するのは、もう少し様子を見てからにしよう）
あくまでブックマンの捜索は最終手段だ。
今はまだ、四人で協力して着実に資金を集めていくことを優先したい。
（でも、それが中々うまくいかないのよね……）
複数人の友人同士でゲームをプレイする場合、必ずついて回る問題がある。
それはお互いのプライベートが上手《うま》く嚙《か》み合《あ》わず、誰かが欠けた状態になることだ。
そしてメンバー全員が女子高生である《リアンシエル》にもごく稀《まれ》ではあるが、そういうことが起きる。

大体は誰か一人が用事で休み、残った三人でプレイをするパターン。

だが今日は、少しばかり事情が違った。

「――そろそろかな」

クロがウィンドウの隅にある時計に目をやると、目の前に光の粒子が収束して赤いツインテールの少女が現れた。

「エリカ参上！　待たせたわね！　クロ！」

クロの前に転移してきたのは仁王立ちしたエリカだった。

実は今日、ヒカリとミヤビの二人が用事で休むことになったので、残ったクロとエリカでシャドアサをプレイすることになったのだ。

「こんばんはエリカ。今日はよろしくね」

「勿論《もちろん》よ！　さあ！　今日もクランホームの資金をガッポガッポ稼ぎにいくわよ！」

シャドーボクシングをしながら意気込むエリカ。

相変わらずヒカリとは別のベクトルでテンションが高い。でも嫌いではないし、むしろ羨ましいくらいだ。

「――ん？」

その時、クロのメッセージボックスに一通のメールが届いた。

差出人はミヤビだ。

『親愛なるクロちゃんへ
用事でログインできなくてごめんなさい。
ヒカリちゃんも来られないようなので、今日はクロちゃんとエリカの二人きりですね。
エリカはちょっと不器用で無神経なところがありますが、根はいい子です。
どうか広い心で面倒を見て頂けると幸いです。
それでは、何卒宜《なにとぞよろ》しくお願い致します。
P.S. もしなにか失礼がありましたら、後日うちがちゃんとエリカをシメますので』

そのメッセージを見たクロはつい呟《つぶや》いてしまう。

「……お母さんかな？」

◆□◆

実は数日前、クロはヒカリ、ミヤビ、エリカに《リアンシエル》のクランホームを購入したいと提案した。

みんなが安心して過ごせる場所を作りたい。というクロの考えを理解した三人は提案を快く受け入れてくれた。

だが問題はクランホームを買う為《ため》のクレジット集めだ。

ひとまずは日々のプレイで獲得した分から日常的に使用する最低限のクレジットを差し引き、残った分を貯金する方針になった。

そこから話し合いを重ね、たとえ欠員が出た日であっても、残ったメンバーでクレジットを稼ぐことになったのだ。

そんな訳で今日、クロはエリカと二人でクレジット集めをすることになった。

今回のクエストは街から少し離れた山を拠点にしている盗賊団の暗殺だ。

敵の数は多いが、その分報酬も多いので今の《リアンシエル》にはピッタリのクエストである。

拠点に向かう途中。山道を歩いていたクロはふと横を歩くエリカの方を見た。

（そう言えば私、エリカと二人っきりって初めてかも……）

何気にちょっと珍しい状況だ。しかし、これはいい機会かもしれない。

クランのリーダーとして、メンバーとの円滑なコミュニケーションは大切だ。

こういう時に、信頼関係を築いておかないと。

それに、エリカには以前からちょっと聞いてみたいことがあったのだ。

「ねえエリカ、実は私、エリカに聞いてみたかったことがあるんだけど……」

「わたしに？　はッ⁉　ついにクロもロケットパンチの魅力を聞きたくなったのね！」

「いや、そうではなく――」

クロは気を取り直してから、再びエリカに最近自分が抱えている悩みを打ち明けた。

「どうすればその……エリカとミヤビみたいに特別な友達同士になれるのかなって……」

「え、それは月一で取っ組み合いの喧嘩《けんか》をするような関係になりたいってこと？」

「そんなに喧嘩してるの⁉」

「ええ、因《ちな》みにわたしは勝ったことないわ！　いつもボコボコよ！」

「威張ることなのかなそれ……」

というか、ミヤビ／宮子《みやこ》ってそんなに喧嘩が強いのか。いや、なんとなくイメージ付くけど。

「でも大体の話は分かったわ！　つまりクロは、もっとヒカリと仲良くなりたいってことよね！」

「え⁉　いや、別にこれはヒカリに限定した話って訳じゃないというかなんというか……」

「いや、だってクロってヒカリやわたしたち以外に友達いないんでしょ？」

「それは……まあそうなんだけど……」

どうやらここ数ヵ月の間で、エリカはクロのことをある程度理解してくれているようだった。

だがそうであるなら、変な誤魔化しや照れ隠しは無駄だろう。

「私さ、今まで友達とかできたことないから、なにが正解なのか分からなくて……」

「ん～、わたしから言わせると、クロとヒカリはもう充分特別な友達に見えるけど？」

「え……本当に？」

「うん。わたし、見栄《みえ》は張っても嘘《うそ》だけはつかないもの！」

「た、確かに……」

それはクロもここ数ヵ月の間に理解している。

「……そっか。でもそれは……他の人からはそう見えているんだ……」

それを聞いたクロは、少なくとも今は上手くやれていることは分かって安心した。

「じゃあ時間さえかければもっと仲良くなれるかな……」

「それは分からないわ！」

「ええ……」

「だって先のことは誰にも分からないもの！　でもね、仲良くする為の努力はできるわ！必要なのは勇気！　さらに根性！　そしてトドメのロケットパンチよ！」

「ふふ、最後のはちょっとよく分からないかな……でも……」

エリカなりに、話を真剣に聞いて答えてくれたことは伝わった。

たぶん、こんなに真《ま》っ直《す》ぐで素直な子は中々いないだろう。

「ありがとうエリカ、話したら少しスッキリしたかも」

「ならよかったわ！」

「私、エリカやミヤビとも仲良くなれて本当に良かった。だからその……これからもなにかあったら、相談に――」

のってほしいな。と言い終わるよりも先に、エリカの手がクロの背中をバシッと叩《たた》いた。

「そんなの当たり前でしょ！　だってわたしたちも友達なんだから！」

「……うん」

その時、クロにはエリカがとても頼もしく思えた。

こんな子がチームメイトで本当に嬉《うれ》しい。

「あ、エリカ。盗賊団のアジト見えてきたよ」

「そう。それじゃあいっちょ、暴れましょうか！」

◆□◆

「そう言えば小夜《さや》っち、昨日はエリカちゃんと二人でシャドアサしたんだよね？」

翌日の金曜日。一緒に登校していた明美《あけみ》が聞いてきた。

「どうだった？　アタシがいなくても、エリカちゃんと仲良くできたかな～？」

「む、子供扱いしないで。勿論、エリカと協力してクレジットを集めたわ。まあ最後の締めに撃ったロケットパンチは、ちょっとオーバーキル気味だった気がするけど……」

その結果、近場の街まで動けないエリカを背負うことになってしまった。

ただエリカ本人は凄《すご》く楽しそうで、そんな彼女を見ているとこっちまで笑顔になってしまった。

ミヤビが普段、なんだかんだとエリカの世話を焼く理由が分かった気がする。

「ねえ小夜っち。エリカちゃんとなにかあったの？」

「え？　ど、どうして？」

「いや、なんとなく？」

（エスパーかな……？）

相変わらず勘が鋭い。

「まあ、ちょっとお喋《しゃべ》りしたかな」

「そうなんだ。どんな話？」

「え」

マズい。どうすれば明美ともっと仲良く出来るか相談をした――なんて言えない。

仕方ない。ここは適当に言葉を濁しておこう。

「いや、本当に何気ない雑談というか。それよりこの間さ――」

「小夜っち、なにか隠してる？」

「…………」

速攻で見抜かれてしまった。

「え、なになに。アタシにも言えないこと？　超気になる！」

「う……」

というより、明美だからこそ言えないことだ。

ここで真実を話してしまえば、絶対ニヤニヤしながら絡んでくる。

その前に、羞恥心で軽く死んでしまう。

「やっぱりダメ。これは明美には教えられない」

「え～⁉　ますます気になる奴《やつ》じゃ～ん。ねえなんでなんで～？」

「なんでも！」

小夜が言うと、明美は急に腕を組み、なにやら小声で呟き始めた。

「でもそっか、あの小夜っちが他の子とそこまで深い話を………」

「明美？」

見れば明美は、なんだか難しそうな顔をしていた。

それから少しずつ表情を変化させ、

「む～」

頬を膨らませて、歩く速度を少しだけあげた。

それに合わせて小夜も歩幅を広げる。

……歩くのが速い。

いや、もしかすると今まで明美は小夜に歩幅を合わせてくれていたのだろうか？

どうにか追いついた小夜は明美に言う。

「え、なに。明美、もしかして怒ったの？」

「別にそんなんじゃないよ。アタシ人生で一度も怒ったことないもん」

「メチャクチャ大言壮語ね……絶対怒ってるじゃない」

「怒ってない。これはそういうのじゃないと思う！」

「なによそれ……どうしたら機嫌なおしてくれるの？」

「…………」

「私にできることならなんでもするけど？」

「――ッ！」

その時、明美の足がピタリと止まった。

「本当になんでもしてくれるの？」

振り向かないまま明美が聞き返す。

「まあ、できる範囲なら？」

小夜が答えると、明美はゆっくりと振り返った。

「あのさ、明日ってなんか用事ある？」

「明日？」

元々小夜は帰宅部で、休日はシャドアサ以外にこれといってやることはない。

しかも今は両親が二人とも出張で家を留守にしている。

「いや特にないけど……」

「じゃあさ……その……明日、小夜っちの家に泊まりに行ってもいい？」

「………………………………え」

◆□◆

『それで明日に明美ちゃんが小夜ちゃんの家に泊まりにくることになったわけやね』

『――ふ〜ん、なるほどね』

「そうなの〜どうしよう二人とも〜」

その夜。パジャマ姿の小夜はエリカ／赤星英梨《あかほしえり》、ミヤビ／天野《あまの》宮子とグループビデオ通話をしていた。

分割された画面の向こうには赤いジャージ姿の英梨と、やたらとセクシーなネグリジェを着た宮子が映っている。

結局、明美の要求を流れのままに承諾してしまった小夜だったが、その心中には嵐が吹き荒れていた。

この嵐を鎮める為には、なにかしらの対策を講じなくてはならない。

そうして小夜が藁《わら》にも縋《すが》る思いで相談を持ち掛けたのが、英梨と宮子の幼馴染《おさななじみ》コンビだ。

「私、友達が泊まりに来た事とかないから、なにか粗相をしたらどうしようと思って……」

『『粗相って……』』

「せっかくバレンタインで少し距離が縮まったのに。ここでやらかしたらまた好感度が下がっちゃうかも……」

『なんやギャルゲーの主人公みたいな発言やねぇ』

妙に的確な表現をされてしまった。

「二人はお泊まりとかよくするの？」

『まあ偶《たま》にね。大体はわたしの家に宮子が来る感じだけど』

「へぇ〜そうなんだ。それってなにか理由があるの？」

『だってうちが偶にいかんと英梨の部屋がゴミで溢《あふ》れかえるんやもん。英梨のお母さんとお父さんは仕事で忙しいからなぁ。せやから、うちがちゃ〜んと面倒見んとあかんのや』

（やっぱりお母さんみたいだ……）

小夜の脳内に小言を言いながら英梨の部屋を掃除する宮子が鮮明に浮かんだ。――微笑《ほほえ》ましい。

「でもお泊まりって具体的になにをしたらいいんだろう……」

『ふっふっふ、仕方ないわね』

『ここは小夜ちゃんの為に、うちらがお泊まりのなんたるかを伝授したるわ』

「本当に⁉」

『勿論よ。ねえ宮子？』

『うんうん、うちらの言う通りにすれば小夜ちゃんと明美ちゃんの関係も、縮地でもつこうたんか⁉　っちゅうくらいグッと縮まるで』

「た、頼もしすぎる……！」

流石《さすが》は十年近く幼馴染をやっているだけのことはある。

『まず女の子と仲良くなりたいなら、相手が喜ぶ言葉を自然に言うことが大事やね』

「なるほど……具体的には？」

『そうやね。たとえば明美ちゃんやったら、きっとお洒落《しゃれ》してくるやろうから、まずは服装を褒めてあげればええと思うで』

「そっか……服装ね。やってみるわ！」

『それじゃあ次はわたしの番ね！　友情を深めるにはやっぱりなんと言っても、美味《おい》しいご飯を一緒に食べるのが一番よ。同じ釜の飯を食べればきっともっと仲良くなれるわ！たぶん！』

「美味しいご飯……確かに、おもてなしをする上では欠かせないものよね……。他にはなにかある？」

それから小夜は、仲良し幼馴染コンビから色々なことを教えてもらった。

二人の話は聞けば聞くほど目から鱗《うろこ》な情報ばかりで、中には結構ビックリするようなこともあったが、きっとそれくらいしなければ友情というものは深まらないのだろうと納得してしまった。

「――ありがとう二人とも、なんとなくイメージ摑《つか》めてきた気がするわ！」

『別にこれくらいかまへんよ～』

『うむ、小夜隊員の健闘を祈るわ！』

その後は通話を終了し、小夜はベッドに横たわって枕を引き寄せた。

「お泊まり……お泊まりか……」

呟きながら高鳴る鼓動を鎮めるように枕を抱きしめる。

確かに初めてのことに対する不安はある。

でもやっぱり、明美が泊まりに来てくれることが楽しみだった。

◆□◆

二月二十七日。午後一時頃に如月家《きさらぎ》のインターホンが鳴った。

（――来た！）

小夜は固唾《かたず》を呑《の》んで玄関の前に立つ。

（大丈夫。できる限りの準備はしたし。後は実行あるのみ！）

いざ！　参る！　と、心の中で叫んで気合を入れた小夜は玄関を開ける。

「おっす～小夜っち！　来たよ～」

「ああ、うん……いらっしゃい」

扉を開けると、そこにはお洒落な服を着て、バッチリメイクをした明美が立っていた。

いつも綺麗《きれい》だが、今日は一段と魅力的に見える。

「ん？　どうしたの？　アタシの顔になんかついてる？」

「あ、いや……えっと……」

ここで小夜の脳内に、宮子からのアドバイスがよぎる。

『明美ちゃんやったら、きっとお洒落してくるやろうから、まずは服装を褒めてあげればええと思うで』

正直、小夜にはファッションのことなどまったく分からない。

が、しかし、今の明美に抱く感情を、素直に言葉にすることくらいはできる。

「服が、その……凄く可愛《かわ》いなと……思いまして……ふへ、へへへ……」

ひきつった笑顔と震えた声のせいで、凄く気持ち悪い奴みたいになってしまった。控えめに言って消えたい。今この時ほど透明になりたいと思ったこともないだろう。

だが明美は——

「え~！　マジ~！　ちょっと気合入れてきたから超嬉しいよ~！　ありがと~！」

「ああ……うん……」

うまく褒められた自信はまったくないが、明美が喜んでくれたので結果オーライとした。

それから小夜は明美を自室へと案内した。

以前、小夜が風邪を引いて、明美がお見舞いに来てくれた時はリビングで少し話をしただけだったので、部屋に入ってもらうのはこれが初めてになる。

「ふ~ん、ここが小夜っちの部屋か~なるほどなるほど~」

「別に普通の部屋でしょ」

「そうだけど、そこがなんか小夜っちっぽくてイイね！」

「なに言ってんだか……」

あまり褒められた気がしない。

「とりあえず適当にそこら辺座っておいて。なにか飲み物でも持ってくるから」

「は～い」

小夜は一度部屋を出て、リビングから麦茶の入ったピッチャーとコップを持って部屋に戻った。

「麦茶でいい？」

「ぜ～んぜん！　アタシ麦茶好きだし！」

明美は受け取ったコップを口に運ぶ。

友達が自分の部屋にいるというのは不思議な感覚だ。

大袈裟《おおげさ》な表現かもしれないが、自分という存在の中に他人が入ってくるようで、少しソワソワしてしまう。

「あ、そうだ。一応これ明美に伝えておこうと思ったんだけど……」

「ん～？」

「実は私、こういうの未経験なのよね」

「ぶほッ⁉」

麦茶を飲んでいた明美が盛大にむせた。

「え、なに、小夜っち、今なんて言った？」

「え、だから私が未経験だって話。こういうことするの明美が初めてだって話」

「ちょ、ちょっと待って！　アタシ別にそういうつもりで来たわけじゃ！」

「んん？　よく分からないけど、これから色々とするんじゃないの？」

「色々と、する⁉」

「うん。実は昨日、宮子と英梨から色々と聞いてみたの。二人はこういう事、頻繁にしてるって言ってたから」

「あの二人が頻繁に⁉　それマ⁉」

明美は急に赤面して、酷《ひど》く狼狽《ろうばい》しはじめた。

「どうしたの明美？」

「ああいや、ただその、友達のそういう事情って、聞いている方は凄く複雑というか……」

「？」

「でもそうだよね。たとえあの二人がそうでも、アタシは友達だし。変に気を使ったりしたら失礼だよね……うん……」

よく分からないが、明美はなんだが一人で納得したようだった。

「まずはどんなことからする？　色々と道具は用意したんだけど、できれば経験豊富そうな明美がリードしてくれたらありがたいわ」

「いやアタシ別に経験とかないから！　たまに勘違いされるけどないから！」

「え、そうなの？　てっきり色んな人とやっているものかと……」

「偏見だって！　そもそもさ、そ、そういうことは、ちゃんとお互いの気持ちを確認してからじゃないとダメでしょ！」

「……んん？　まあ確かに気持ちは大事だとは思うけど……。ちょっと大袈裟じゃない？」

「そんなことないよ！　あのね、女の子はもっと自分を大事にしなくちゃいけないの。そういうことは心に決めた大切な人と、ロマンチックな雰囲気になってからがいいって！　じゃないと絶対後悔するよ！」

「……あのさ明美、さっきからなにか勘違いしてない？　私はただ友達が自分の家に泊まりにくるのが初めてだから、どういう風に遊んだらいいかって、話をしてたんだけど？」

「……………あ〜、そういうことか」

明美はなにか納得したように、握った拳を手の平に置いた。

「やっぱり……どうりで会話が微妙に噛み合わないと思ったわ」

「だってそれは、小夜っちが紛らわしい言い回しをするからじゃん！」

「してないわよ！　というか一体なにと勘違いしてたわけ？」

「え、それは……その……」

明美は「んんッ！」と咳払《せきばら》いしてから小夜の耳に口を近付け、凄く小さな声で答えを教えてくれた。

「ッ⁉」

誤解の真相を知った小夜は、耳元で囁《ささや》かれた単語に顔の温度が上昇していく。

「バカ！　そんな訳ないでしょ！」

「だ、だよね～！　ゴメンゴメン！」

「……いや、よくよく考えてみたら確かに私の言い方が悪かったわ。ごめんなさい変な誤解させて」

「気にしないでいいって！　ほら！　気を取り直して遊ぼうよ！　せっかくのお泊まりなんだしさ！」

「……そ、そうね。お父さんから色々とボードゲームを借りられたから、それでもしましょうか」

微妙に恥ずかしい空気を変えようと小夜は予《あらかじ》め用意していたゲーム道具を床に広げた。

「お～！　結構種類あるね～」

「お父さんこういうの好きで集めてるのよ。ええっと、私ができるのはオセロと将棋、後は人生ゲームとか、トランプかな。明美はどれがいい？」

「ん～、それじゃあ全部で！」

「言うと思った」

「ふっふっふ。言っとくけど、アタシ手加減しないからね！」

「む、弟子の癖に生意気ね。それじゃあ師匠の威厳を見せつけてあげる」

そして小夜と明美によるレトロゲームバトルが始まった。

結果は小夜の全敗。師匠の威厳は儚《はかな》く散った。

◆□◆

夕食は二人でカレーを作ることになった。

本当は小夜が一人で作ったものを明美に振る舞うつもりだったのだが――

「せっかくなんだし一緒に作ろうよ！　アタシ結構料理得意だからさ！　絶対役に立つよ！　ねぇいいでしょ！　お願いお願いお願いお願い！」

という明美の強い懇願により、急遽《きゅうきょ》予定を変更することにした。

どうも小夜は明美にお願いされると弱い。

「よし、これで冬華さんと同点！　いやむしろお泊まりしてる分アタシがリードっしょ！」

「なんの話？」

「ううん！　こっちの話！　それよりも小夜っちはカレーの甘口と辛口どっちが好き？」

「中辛」

「わっかる～！」

そんな雑談をしながらも、小夜と明美の合作カレーは完成した。

「「いただきます」」

二人で手を合わせてからスプーンを握り、カレーを口に運ぶ。
今まで何度となく食べてきた。味の想像など容易にできる。
特に隠し味などはしていない。市販のルーを使ったごく普通のカレーだ。
それなのに——
「あ、美味しい……」
「ね～！　普段家で食べるカレーよりずっと美味しいよ！」
明美はそのまま満面の笑みでカレーを頬張った。
確かに美味しい。いつも食べているカレーと同じはずなのに。
（やっぱり自分で作ったからかな……？）
と、そこで小夜はふと明美の方を見やる。
「ん～！　本当に美味しい～！　おかわりしちゃお～！」
（ああ、そっか……）
そこで小夜は、カレーがなぜ美味しいか気が付いた。
恥ずかしくて、口にこそ出せないが。
きっと、明美と一緒に作って食べているから。
普通がこんなにも、特別に感じるのだ。
そう思うと、全部食べてしまうのが勿体《もったい》ない。なんて、思った小夜だった。

◆□◆

夕食後。小夜と明美は協力して後片付けを終え、リビングでデザートのアイスを食べていた。

（……問題はこの後ね）

明美と横並びでソファに座りながら、小夜は次の計画について考えていた。

ここからは幼馴染コンビに教えてもらった『お泊まりの鉄則』の中でも、個人的に一番難しいミッションに挑戦しなくてはならない。

「……明美」

「ん？」

「お風呂なんだけど、もう沸いてると思うから先に入っちゃって」

「え、いいの？」

「……うん」

「そっか、じゃあお言葉に甘えて先に入っちゃうね〜」

「うん。お風呂はリビングを出てすぐ左の部屋だから」

「は〜い」

明美がリビングを後にし、一人になった小夜は大きく息を吸った。

「――よし！」

そして小夜は覚悟を決めて、浴室へと向かった。

「明美、お湯加減はどう？」

「ん～！　いいよ～最高～！」

ドア越しに尋ねると、すぐ明美から声が返ってきた。

「そう、なら良かった……」

「あ、小夜っちも一緒に入る～？　って、流石にそれはダメ――」

「……ええ、そのつもりよ」

「え？」

小夜はバッと浴室のドアを勢い良く開けた。

さらにそこで宮子直伝『一緒に仲良くお風呂に入る時の小粋なジョーク』を口にする。

「お、お、お背中お流しいたしまひゅ！」

盛大に噛んだ。

◆□◆

「ねえ、小夜っち～。なんでさっきから壁の方向いてるの？」

「別に……」

小夜は浴槽で膝を抱えて壁を向きながら、髪を洗っている明美に言った。

あのまま勢いで、流れのままに明美と一緒に入浴することになったが、やはりちょっと、というかだいぶ恥ずかしい。

明美は「女の子同士なんだし、そんなに恥ずかしがらなくてもいいのに～」と言っているが、そういう訳にもいかない。

そもそも本当に今時の女子高校生は、お泊まりだからといって一緒に入浴をするものなのだろうか？

冷静になってみれば、宮子と英梨の仲が良すぎるだけで、今の自分は激しくなにかを間違っているのでは？

そんな疑問が、ブクブクと泡のように小夜の脳内に広がっていた。

それに――

「あ、このボディソープめっちゃいい匂いする！　アタシこれ好き～！」

「…………」

小夜は上機嫌に身体《からだ》を洗う明美を見て、それから自分の身体に視線を落とす。

（分かってはいたけど、カリスマモデルと自分のスタイルとのギャップがここまでとは……）

小夜は拳を握って両目に涙を滲《にじ》ませる。

明美のプロポーションが抜群であることは服の上からでも分かっていたが、こうして一糸まとわぬ状態をまざまざと見せつけられると敗北感が凄い。

一体なにを食べたらあんな身体になるのだろうか？

もし秘訣《ひけつ》があるなら是非ご教授願いたい。

「ゴメン小夜っち、ちょ～っとそっち詰めてもらっていい？」

「え？　あ、ちょっと――」

明美は自然な動作で小夜が入っている湯船に入り込んできた。

「なんで入ってくるの⁉」

「ええ～別にいいでしょ～減るもんじゃないし～」

「だからって流石にこれは……」

「いやいや、先にお風呂入ってきたのは小夜っちじゃん。その時点でもう色々と手遅れだから」

「う……それを言われると、なにも言い返せないけど……」

確かにここまで何もかも曝《さら》け出《だ》すと羞恥心が麻痺《まひ》してくる。

「もしかして小夜っち、誰かになんか変なこと吹き込まれた？　例えば『せっかくお泊まりするんやったら、一緒にお風呂くらい入らないとあかんで～』とか」

「それ、もう答え分かってるじゃない……」

「あはは、やっぱり宮子ちゃんか～。まあそんなことだろうと思ったよ」

どうやら明美には、なにもかもお見通しだったらしい。

そう思うと、また羞恥心が込み上げてきた。

いっそこのまま、湯船の底に沈んで、入浴剤と一緒に溶けてしまいたい。

そう思って小夜が俯《うつむ》いていると、不意に明美が言った。

「でも嬉しいな」

「え？」

「だって今日の小夜っち、ずっとアタシの為に色々とがんばってくれたじゃん？　それがアタシはすっごく嬉しいんだ」

「………恥ずかしいこと言わないでよ」

でも小夜は明美のこういう素直な所が嫌いじゃない。

それに、今日という日を喜んでくれたことがなにより嬉しかった。

「あれれ～？　小夜っちなんか顔赤くな～い？　もしかして照れてるの～？」

「――ッ！　違うから！　お湯がちょっと熱いだけ！」

「本当に～？」

「なにその顔！　ムカつく！」

「うぇッ」

小夜はニヤつく明美の顔にお湯を引っかけた。

「やったな～。そりゃ！」

「きゃッ」

明美の反撃により、小夜はもろにお湯を顔に浴びる。

そこからはお互い火がついて、幼稚なお湯の掛け合いに発展。

それは浴槽のお湯が半分以下になるまで続き、その間は浴室から笑い声が絶えることはなかった。

◆□◆

少し長めの入浴を済ませて部屋に戻ると、明美がある提案をしてきた。

「ねえねえ。小夜っちの髪さ、アタシが乾かしてもいい？」

「髪？　別にいいけど、なんで？」

「ん〜泊めて貰《もら》ってるお礼、的な？」

「なんで疑問形なのよ。でもまあ乾かしてくれるなら助かるけど」

小夜は明美の提案を了承し、ドライヤーを手渡した。

背中を向けると、温風が小夜の髪を優しく撫《な》でていく。

「小夜っちてさ、髪の毛どのくらいの頻度で切ってるの？」

「ん〜、まちまちだけど、大体は鬱陶しくなったら適当に切る感じかな」

「男子中学生かな？　でもまあ小夜っちらしいね」

そう笑いながら、明美は小夜の髪を丁寧に乾かしていく。

「でも前髪はちょっと伸びてるね。切らないの？」

「前髪はダメ。前髪は陰キャの命。最終絶対防衛ラインだから」

「そこは拘《こだわ》るんだ……」

そうこうしている内に小夜の髪が乾かし終わった。

明美の手際が良かったからか、自分でやるよりもサラサラになった気がする。

「ありがとう。それじゃあ次は私が明美の髪を乾かすわね」

「え、やってくれるの？」

「……嫌なら無理にとは言わないけど」

「ううん！　是非お願い！」

明美は嬉しそうに笑うと、小夜に背中を向けてきた。

（なんだろう、今凄く明美が犬みたいに見える……）

それから小夜は明美の細い髪を丁寧に乾かしていく。

「明美の方こそ髪切らないの？　長いとケアとか色々面倒じゃない？」

「ん～そこは慣れかな～」

「ふ～ん」

「小夜っちも伸ばしてみたら？　似合うと思うけど」

「小学生の時は伸ばしてたけど、田舎のおばあちゃんにお菊人形みたいって言われたからやめたわ」

「小学生の小夜っち⁉　見たい見たい！　アルバムとかないの？」

「ちょっと、あんまり動かないで！　アルバムは……まあ、あるにはあるけど……」

正直あまり見られたくはない。何故《なぜ》なら絶望的に地味だからだ。いや、今も地味だけど。

「たぶんそんなに面白くないと思うけど……」

「そこをなんとか！　一生のお願い！　今度アタシのも持ってくるからさ！」

「どんだけ見たいのよ……。まあ、どうせ乾くまで時間掛かりそうだし、雑誌代わりには丁度いいか……」

思っていたよりも明美の髪が多かったので、小夜は一度ドライヤーを止めて、本棚から小学校の卒業アルバムを取って明美に渡した。

「お～！　小夜っちが幼い！」

「当たり前でしょ……」

小夜は再びドライヤーのスイッチを入れる。

明美は夢中になってアルバムをめくっては、小夜の写真を見つけて大興奮していた。

小夜の持つ影の薄さは、たとえ写真であっても健在なので、写っていたとしても見つけるのはかなり苦労するはずなのだが。明美はすぐに見つけ出してその度に「かわ～！」と感激していた。

「ねえ、これ可愛《かわ》いすぎてヤバいからさ、ちょっと写真撮ってもいい？」

「それはダメ」

「ええ～ケチ～」

「ごめんなさい、ドライヤーの音でなにも聞こえないわ」

それから十分ほど経過して、小夜はようやく明美の髪を乾かし終わった。

「なにか映画でも観《み》ようと思うんだけど、明美はなにか観たい映画とかある？」

「あ、それならアタシアレが見たい！『スーパー忍者大戦』！」

「……なにそれ」

「え⁉　知らないの⁉　十人の超人忍者がプライドを賭けて戦う超人気アクションじゃん！」

「へ～」

「うわめっちゃ微妙な表情！　いやマジでめっちゃ面白いから観ようよ！　ね！　ね！」

「分かったから、後顔近いから」

「アタシのオススメは『2』なんだけど、ここはやっぱり『1』から観よっか！」

「シリーズものなんだ……」

小夜は明美のリクエストどおり『スーパー忍者大戦』なるアクション映画を再生した。

◆□◆

「結局『2』まで一気見してしまった……」

「ね〜！　面白かったでしょ〜」

「そうね。確かに凄く面白かったわ。特に主人公の女の子がすっごく格好良かった」

ストーリーはかなりぶっ飛んだ設定だったが、アクションは勉強になった。今後のシャドアサで大いに参考にしていきたい。

「ねえ小夜っち」

と、そこで不意に明美が指をモジモジと絡ませながら話しかけてきた。

「どうしたの明美？」

「あのね、実はアタシ、したくなっちゃたんだけど……」

「……は？」

小夜の思考が一瞬停止した。

どうして明美はそんな恋する乙女のような表情をしているのだろうか？

いや、それよりも――

「ええっと……一体なにをしたいの？」

「それはね……」

明美は立ち上がって、自分の鞄《かばん》からあるものを取り出す。

それはリング状のVRデバイス――《IMAGINARY《イマジナリー》》だった。

「シャドアサやらない？」

明美はニヤニヤと悪戯《いたずら》めいた表情でそう言った。

「あれれ～もしかして小夜っち、なにか変なこと考えたりした～？　いや～んエッチ～！」

「なッ⁉」

完全にしてやられた。

まさかこのタイミングで昼間の仕返しをしてくるとは。

「明美って結構根に持つタイプよね……」

「そうだよ～アタシはどんな借りでもマシマシにして返す女なのだ！」

「――ふっ」

「ふふっ」

小夜と明美はなんだか可笑《おか》しくなって、二人して声をあげて笑ってしまった。

ひとしきり笑った後、小夜は椅子に座って明美に言う。

「でも、わざわざ私の家でシャドアサする必要あるの？」

「いいのいいの。それにさ、こっちの方がアタシたちらしいじゃん？」

「……それもそうね」

それこそ結局、シャドアサに落ち着くところが特に。

「そうだ。たぶんこの時間ならミヤビとエリカもいると思うから合流しましょうか」

「お、いいね～」

それから二人は《ＩＭＡＧＩＮＡＲＹ《イマジナリー》》を装着して、ベッドに並んで横になる。

「なんか、結局いつも通りな感じになっちゃったわね……」

「ふふ、そうだね。でもいいんじゃない？　アタシたちらしくてさ」

「ねえ明美」

「ん？」

「その、どうして急に泊まりたいだなんて言ってきたの？」

「……それは、たぶんちょっとだけ嫉妬しちゃったからかな」

「嫉妬？」

「うん。小夜っちが他の人と仲良くしてることに、ちょっとだけ嫉妬しちゃったの」

「…………」

「アハハ……おかしいよね。小夜っちに友達ができることは良《い》いことで、本当は喜ばないといけないのに」

「……ちょっと意外。明美でもそんな気持ちになったりするんだ」

「そりゃあ人間なんだし、嫉妬くらいするよ。でも今日は楽しかったから、いい感じにチャラかな」

「単純ね」

「よく言われる！」

「ふふ」

たぶん、今日の小夜と明美はこれといって特別なことはしていない。

それでも小夜にとって、初めて友人が泊まりに来てくれた今日という日は、何物にも代えがたい『特別な日』になった。

（ああ、そっか……）

それはバレンタインの時にも感じていたことだ。

小夜はずっと、なにか特別なことをしなければ、特別な存在にならなければ、明美と仲良くなれないと考えていた。

でも、たぶんそれは少し違っていて。

こうした些細《ささい》な日常の連続が。

平凡で何気ない、普通という時間の積み重ねが。

きっと自分たちの関係を『特別』なものにしていくのだ。

それが分かって、小夜は今まで自分の心にあった影が晴れた気がした。

「あのさ明美」

「ん～？」

「その……また私の家に泊まりに来てくれる？」

「当たり前じゃん。いつでも呼んでよ。ていうか、今度はアタシの家に来て！」

「うん。そうする――」

言いながら小夜はゆっくりと目を閉じる。

そして隣に明美の存在を感じながら、二人で世界を飛び超える合言葉を口にした。

「「IMAGINARY《イマジナリー》――GO!」」

第五章　ブックマンを捜せ

『ハロネム〜！　元気にしてたかい？　愛《いと》しのシャドアサユーザー諸君！　人類史にその名を刻む伝説のレジェンドバーチャルハイパーアイドル、寧《ね》々《ね》村《むら》ネムちゃんだぜ〜！　存分に崇《あが》め奉れ〜！』

『伝説とレジェンドが被《かぶ》ってるぞ』

『むむ⁉　そういうベアたんは一体誰なんだい？』

『もう言ってるだろ。シャドアサ公式サポートキャラのベアーズ・ウィルソンだ』

『はいは〜い！　お約束のやりとりはここまでにして〜！　今日もシャドアサの最新ニュースをみんなの口元に捻じ込んでいくんで〜そこんとこ夜露死苦ぅ！』

『キャラが迷子すぎるだろ』

『ぴ〜くわいえっと！　それじゃあ早速、まずは話題の新システム《真影覚醒《シャドウ・バースト》》の追加情報からだよ！』

『特殊アイテムである《魂の欠片《かけら》》を四つ集めることで、使用可能になるシステムだな』

『そのと〜り！　そんな《真影覚醒《シャドウ・バースト》》なんだけど。実は初回使用時に、現在のステータスを参照して、覚醒時のみに使える■■■■■が——』

『ん？　何故《なぜ》今音声規制が入った？』

『あ、ごめん。間違って次回の原稿読んじゃったわ。テヘペロ！』

『ちょっとカメラを止めろ。今からコイツをお仕置きする』

◆□◆

月が替わって三月。

現実世界では、既に厳冬の終わりを感じさせる暖かな日が顔を出し始めていた。

一方でシャドアサ内は未《いま》だに雪が降っており、多くの地域を白く染める日が続いている。

そしてクランを結成し、ホームを買うという目的もできた《リアンシエル》は——

「「「ん～……」」」

そこはとある小さな街にある酒場のテーブル席。

四人の少女はそれぞれ腕を組み、ウィンドウに表示されたクラン共有のクレジット画面と睨《にら》み合《あ》っていた。

中でも一番眉を寄せていたリーダーのクロが口を開く。

「ここ数週間でかなり貯《た》まってきたけど、やっぱりクランホームを買うにはまだまだ足りないわね……」

「師匠、このままだとホームを買うのにどのくらいかかるんですか？」

「今のペースじゃ、一番安い物件を買うにしても後一年以上はかかりそうかな……」

「ええ⁉　そんなに⁉」

「まあシャドアサは土地も物件も無駄に高いからなぁ。仕方ないんちゃう？」

「わたしは早くクランホーム欲しいわ！　リビングにホームシアター付けてロボットアニメと特撮映画を見るの！」

「うん。私もできれば早めに買いたいけど……」

クランホームを買うと決めてからというもの、全員で遮二無二クエストやダンジョン探索に明け暮れ、かなり順調に資金を集めることはできたのだが、それでもやはり目標の金額には程遠いのが現状だった。

定期的に開催される公式イベントで獲得した分を合わせてもまるで足りない。

そもそもクランホームは、構成員が十人以上の中型から大型クラン向けのシステムだ。

それをいくら実力があるとはいえ、たった四人ですぐに購入できるほどシャドアサは甘くない。

「「「「はぁ～……」」」」

仮想世界の片隅で厳しい現実を突き付けられた少女たちは大きく溜息《ためいき》を吐《つ》く。

一攫千金《いっかくせんきん》。それが今の《リアンシエル》に最も必要なものだった。

「あ！　そうだ！　アタシたち四人で美少女アイドルグループを結成して、シャドアサユーザーからクレジットを集めるっていう作戦はどうですか！」

我慢に耐え兼ねたヒカリが突然素っ頓狂なアイディアを口走った。

相変わらずこの少女はテンションで生きている。

「ライブ！　グッズ！　メディア出演！　これでお金の問題を一気に解決ですよ！」

「いや、それは流石《さすが》に飛躍しすぎというか……」

「……ちょっとありやな」

「ミヤビ⁉」

「わたしはロックバンドがいいわ！　夢はでっかく武道館ライブね！」

「エリカに至ってはもう目的が変わっちゃってるし……」

嘆息するクロ。しかし現実逃避したくなる気持ちも分からなくはなかった。

クロとしても、リーダーとして早くみんなの為《ため》に安心できるホームを提供したい。

やはり少しでも早く目標金額を集める為には、多少の無理を通す必要があるだろう。

そうなると残された手段は――

「――仕方ない。こうなったら例のクエストに挑戦するしかなさそうね」

◆□◆

シャドアサのクエストは大きく三つの段階に分かれている。

まだ操作が覚束《おぼつか》ない初心者向けの《初級《ビギナー》クエスト》。

比較的操作に慣れ、レベルアップや技術向上を重点的に行える《中級《ミドル》クエスト》。

俗に高難度と呼ばれ、熟練の暗殺者でなければ攻略が困難である《上級《マスター》クエスト》。

しかし、これはあくまでもギルドで受注できる通常クエストに限った話だ。

シャドアサではフィールドやダンジョン内で特定の発生条件《フラグ》を満たすと、特殊なクエストが発生する場合がある。

これらは通称《固有《ユニーク》クエスト》と呼ばれ、難易度も報酬も千差万別だ。

そして数多《あまた》ある《固有《ユニーク》クエスト》の中でも、《上級《マスター》》を遥《はる》かに上回る難易度と噂《うわさ》されているものがある。


「――それが混沌《カオス》級クエスト。このクエストをクリアできれば、恐らくかなりのクレジットを獲得することができると思うわ」


夜風に髪をなびかせながらクロが説明する。

現在《リアンシエル》の四人はクロが移動用のペットとして飼っている巨大な黒鳥――《夜羽《よるは》》の背に乗って空を飛んでいた。

目的地は海を越えた先にある東側の大陸。

そこはまだ《転移門《ゲート》》が開通していないため、今回はこうして空から向かっている。

そして、わざわざ別の大陸に移動している理由は――

「丁度バレンタインの時期に冬華《とうか》さんから教えてもらったの。もしクランホームの資金集めに困ったら、ブヽクマヽを捜すといいって」

「ブックマン？　なんなの、そのスプラッター映画の殺人鬼みたいな名前」

「なんやエリカ、知らんのか。ブックマンいうんはな、シャドアサ内に極少数しかいないユニークNPCの一人や」

「あ、それってアタシの《桜吹雪》を作ってくれたあのニコってNPCさんと同じだ」

ヒカリの言う通り、以前クロが《桜吹雪》の製作を依頼したニコというNPCは非常に優秀な武器屋として一部の暗殺者たちの中では有名な存在だ。

このように、ユニークNPCは暗殺者に対して絶大な恩恵をもたらしてくれる。だがその反面、出現場所は完全にランダムであり、しかも同じ場所に長く滞在しないため、遭遇や発見することが困難なのだ。

「噂だと、ブックマンはシャドアサに関する全ての知識を持っていると言われているわ。例えば高難度クエストの攻略方法や、レアアイテムのドロップ場所、上級スキルの獲得条件。他にもゲームに関する情報であればブックマンに知らないことはない。その知識には、まだ運営が開示していない希少な情報も含まれているって言われているの」

「ふ～ん、つまりめちゃくちゃ凄《すご》い情報屋みたいなものね！」

安直な例えだが、エリカの言う事は概《おおむ》ね的を射ていた。

もしブックマンが噂通りのNPCであれば、接触することで個々の暗殺者が抱えている疑問のほとんどは解消されるだろう。

だからこそ、ブックマンはシャドアサをプレイする暗殺者の多くが捜し求めている存在の一つでもあるのだ。

「でも師匠、そのブックマンさんと混沌級クエストになんの関係が？」

「なんでもブックマンに接触することが、混沌級クエストの発生条件《フラグ》だって噂なの」

「へぇ〜。それじゃあ、そのブックマンさんが東側大陸にいるってことですか」

「あくまでその可能性があるって話。なんでもブックマンが現れる場所にはちょっとした怪奇現象が起きるらしいから」

「怪奇現象⁉　もしかしてブックマンさんって幽霊なんですか⁉」

ヒカリは震えながらクロの服にしがみつく。

そういえば以前、現実世界でホラーが苦手と言っていた気がする。

「まあ幽霊かどうかは分からないけど、ブックマンが現れるところでは決まって『本』が消えるらしいのよ」

「本が消える？」

「そう。なんでもNPCが経営している店から突然本が消えるって現象が起こるらしいの。ただ料金はちゃっかり置いていくらしいから、別に盗んでるってわけじゃないみたいだけど」

「……それって怪奇現象なんですか？　ただシャイなだけのお客さんなんじゃ……」

「問題はそこじゃなくて、ＮＰＣに気付かれずに本を購入してるってところなの。普通プレイヤーが物品をＮＰＣから購入する場合、先にクレジットを支払わないと購入が完了しないでしょ？」

「あ、そっか！」

つまりＮＰＣに悟られることなく本を持ち去り、後から代金を置いていくという行為自体がプレイヤーには不可能なのだ。

もしそれができるとすれば、ＮＰＣと同じ法則で動いているゲーム内の存在ということになる。

「ただこの現象、何故か全マップで同時多発的に起こるのよね……」

「え、それじゃあ他の大陸でも本が消えてるってことですか？」

「うん。しかも東西南北の主要都市から地方の小さな店までで、ほぼ同時にね」

「それはまたどういう理屈で……？」

「考えられる理由はブックマンが複数人いる。または瞬時に大陸間を移動できる能力がある。それか偽物が存在しているとか……かな」

まあ最後の可能性はかなり低いがそんなところだろう。いずれにしても謎の多い存在であることは確かだ。

「うぇ～それじゃあ捜すのも一苦労ですね……」

「確かに普通に捜すだけじゃ難しいでしょうね。私も今まで見つけられたことないし。でもヒカリ、あなたにはこういう時にピッタリのスキルがあるじゃない」

「え？　アタシですか？　ん～…………あ！」

「そう、もし上手《うま》くことが運べば、誰よりも早くブックマンを見つけることができるはずよ。ヒカリのＥＸスキル――《超感覚》が発動すればね」

◆□◆

シャドアサには統一されたデザインテーマというものがない。

それこそファンタジーＲＰＧなどでよく見る西洋の中世的な場所もあれば、和風、中華風、サイバーパンクな近未来都市まで、その外観は地域によって大きく異なる。

そしてクロたち《リアンシエル》が降り立った《カグヤ》という国は、東側大陸でも一際大きく、全体的に『和』がモチーフとなっている場所だ。

四人はひとまず《カグヤ》内の中央、最も賑《にぎ》わいを見せている繁華街を訪れていた。

雑踏には多くの暗殺者とＮＰＣが入り混じっている。

こうなると、特定の個人を捜し出すのはかなり骨が折れる作業だろう。

しかも戦闘禁止区域である街中では、暗殺者が使用できるスキルも制限されている。つまりＮＰＣが姿を隠すにはうってつけの場所なのだ。

「どうヒカリ？　《超感覚》は？」

「ん～ダメですね。やっぱりそう都合よく発動はしてくれないみたいです……」

「まあ、そうよね」

「すみません師匠……肝心な時にお役に立てなくて……」

「気にしないで、発動するまでは他の暗殺者たちと同じように自力で捜しましょう」

そう言ってクロは落ち込むヒカリの頭を撫《な》でた。

ヒカリのＥＸスキルである《超感覚》は本人の意思で発動することはできない。

だが発動さえすれば、広範囲の索敵能力が備わる可能性がある。

これはヒカリと出会ってからの数ヵ月で実証済みなことだが、《超感覚》の索敵項目にはプレイヤーに交じってＮＰＣも含まれている為、上手くいけばブックマンを発見することも可能だろう。

幸い《超感覚》は戦闘行為が禁止されている街中でも、発動できるタイプのスキルだ。

となれば、ここは時が味方してくれることを祈りつつ、少しでも多くブックマンに関する情報を集めることを優先した方がいいだろう。

ただユニークＮＰＣは同一の場所に一定期間留《とど》まると、また次の場所に移動するという習性がある為、できれば一週間。長くても一ヵ月以内には見つけ出したい。

「それじゃあまずは実際に本が消えたっていう書店に行って、ＮＰＣに話を聞きましょうか」

「「「は～い！」」」

それから四人が移動したのは、かなり年季の入った小さな書店だった。

店主は狼《おおかみ》型の獣人系NPC。店の外観及び内装には、これといって特徴はない。

そして店主曰《いわ》く、本が消えた当時の様子はというと――

「あれは数日ほど前だったかな。いつものように店番をしていたら突然目の前に積んでいた本がパッと消えたんだよ。不思議だよな～確かにその時は誰も周りにいなかったのによ。まあ床に代金よりもちょっと多めの金貨が転がっていたから、大事《おおごと》にはしなかったけどな」

店主の証言を聞いた四人は、一旦店の外に出て話し合うことにした。

まず気になったのは、NPCである店主が本を持ち去った犯人を認識できなかったという点だ。

これでは肝心のブックマンの外見も知ることもできない。

「でもなんで店主さんには犯人の姿が見えなかったんですかね？」

「ん～考えられるのは、ブックマンも私たちみたいになにかしらのスキルが使える、とかかな……」

「なるほどなぁ。《気配遮断》や《光学迷彩》みたいなスキルが使えるなら、気付かれずに本を持ち去れるっちゅうわけか」

「そっか、だから他の暗殺者も中々ブックマンを見つけられないのね！」

あくまで仮説ではあるが、そういうことであれば辻褄《つじつま》が合う。

暗殺者が街中で使えないようなスキルでも、NPCであれば使えるかもしれない。

しかし問題は、姿の見えないブックマンをどうやって見つけるかだ。

「ヒカリの《超感覚》が発動すればトリックが分かるかもしれないけど、他の代案も考えた方がよさそうね」

「うちやクロちゃんの索敵スキルでも見破れないもんなんかな？」

「どうかな。街中で使えるスキルは限られてるし、あんまり期待はできないかも。《明鏡《めいきょう》止水《しすい》》とか使えればいいんだけどね」

「ちょっとミヤビ、あんた匂いとかで追跡できないの？」

「うちは警察犬とちゃいます～。エリカこそ、その頭の横にくっついてる無駄に長いアンテナ使ったらええやん」

「わたしのツインテールはそういうのじゃないわよ！」

「まあまあ二人ともそのくらいにして。悩んでばかりいても仕方ないし、今日のところはみんなで繁華街を見回りましょう」

いつもの口喧嘩《くちげんか》を始めたミヤビとエリカをクロが宥《なだ》める。

だが結局、その日はヒカリの《超感覚》も発動しないまま、ブックマンに関する情報を入手することはできなかった。

三人がログアウトした後、クロは一人シャドアサの中に残っていた。

実は最近、みんなに内緒でエネミー狩りやクエストをこなして、クレジットを稼いでいるのだ。

みんなの為に、リーダーとしてできることはしてあげたい。

「はぁ……。でもやっぱり、中々うまくはいかないな……」

単身、妖怪型エネミーの群れを討伐したクロは重たい溜息を零《こぼ》す。

仲間たちと過ごす時間は本当に楽しい。

みんなのお陰で、シャドアサがもっと大好きになった。

だからみんなにも、この世界をもっと好きになって欲しい。

その為にも早くクランホームを。みんなが安心できる居場所を作ってあげたい。

「…………」

——というのは紛れもない本心なのだが、正直なところ不安なだけなのかもしれない。

(本当にこのまま、私がリーダーでいいのかな……)

クランを結成した時から、密《ひそ》かに思っていた。

明るくて社交的なヒカリや、思慮深く大人びたミヤビ、活発で強い芯のあるエリカ。

正直、三人の方が人を導く役割に向いている気がする。

かといって、今更誰かにリーダーの役割を押しつけたい訳じゃない。

指名されたからには全力を尽くしたい。

だけど、三人は優しいから……。きっと自分に至らないことがあっても決してそれを口や態度に出したりしないだろう。

そう思うと、申し訳ない気持ちになってしまう。

だからこそ――

「――もっとがんばらなくちゃ」

それからクロは、かなり遅くまでソロ狩りを続けた。

◆□◆

クロたちが《カグヤ》を訪れてから三日が経過した。

ここ最近はログインしたらまず情報収集、特に収穫がなければ適当なクエストをこなしてクレジットを回収し、その後は再び街に戻ってブックマンを捜す。といった流れを繰り返している。

そしてギルドで受注したクエストを終え、街中にある広場で休憩をしていると――

「ぐ、ぬぬぬぬ……目覚めろぉ～目覚めろアタシの秘められし力的なやつ～」

ヒカリは逆立ちをしながら、なにやら訳の分からないことを呟《つぶや》いていた。

その奇怪な行動を見ていたミヤビがクロに尋ねる。

「なあクロちゃん、ヒカリちゃんのアレはなんの儀式なん？」

「《超感覚》が発動しやすくなる方法を模索中なんだって」

この三日間、ヒカリの《超感覚》が発動したことは何度かあったが、そのどれもが街の外、しかも戦闘中ということもあってブックマンを発見する為には使用できていない。

この街に来た当初に多くいたブックマンを捜していたであろう暗殺者たちも、ここ数日でかなりの数が姿を消した。

「ねえ、ちょっと気になったんだけどなんでブックマンって本を買うわけ？　だってなんでも知ってるんでしょ？」

唐突にエリカがそんな疑問を口にした。

「え、それは……」

「ブックマンいうくらいなんやから、純粋に本が好きなんちゃうか？」

確かに姿を隠しているにもかかわらず、しっかりと代金を支払っているところがなんとも律儀である。

するとエリカは腕を組んでから少し考えて、

「……だったらさ、本を餌にして誘《おび》き寄《よ》せられたりしないかな？」

「いや、そんな簡単には……」

クロとミヤビは同時に苦笑する。

しかし物は試しということで、実際にやってみることにした。

だがその道中——

「「「あ」」」

「「「あ」」」

表通りでクロたちは三人の少女たちと鉢合わせた。

それは以前、ダンジョン内で《リアンシエル》を襲撃したクラン。

《コープスベル》のラーネ、ルーベ、アイラだった。

なんとも微妙な空気が流れる中、ヒカリが誰よりも先に口を開く。

「あ～！　あなたたちはこの間の！　コップがスベルさんたち！」

「《コープスベル》よ！　あんたわざと間違ってんでしょ⁉」

クランのリーダーであるラーネが怒声をあげる。

しかし、彼女はすぐにショッキングピンクの髪をかきあげると鼻を鳴らした。

「ふん！　まさかこんな所であんたたちに会うなんてね。今日は厄日だわ」

「それはこっちの台詞《せりふ》や。なんや、あんたうちらのストーカーなんか？」

「はぁ？　そんなわけないでしょ。自意識過剰な女ね。私がストーキングするのはクロ様だけよ！」

ナチュラルに危ない発言をするラーネ。若干クロの背筋に寒気がはしる。

「あれ、そう言えばクロ様はどこにおられるの？」

「いや、ここにいるんだけど……」

「ッ⁉　クロ様、そんな所に隠れてらしたんですね！　ああ！　今日も神出鬼没で麗しいお姿！」

（別に隠れてた訳じゃないんだけどなぁ……）

戦闘中ではないからか、ラーネは今頃になって影の薄いクロの存在を認識したようだった。

できればずっと気付かないで欲しかった。と密かに思いつつ、クロは一応ラーネに挨拶をする。

「こ、こんにちはラーネさん……」

「きゃ～！　クロ様が私に挨拶を！　今日は人生で最高の日ですわ！」

「……さっきは厄日って言ってたのに」

「ラーネちゃんはああ見えて、結構単純ちゃんですからね～」

ラーネの背後で、仲間のルーベとアイラが小声で呟く。

「あ、あの……クロ様……。この間のことなんですけど……」

「この間って、ダンジョンでのこと？」

「はい。実はその件について正式に謝罪をしたくて……」

「え」

意外だ。ラーネのような好戦的な暗殺者が、まさかそんなことを口にするとは。

しかしただでさえ遺恨が残りやすいシャドアサで、こういう風に和解できる機会は珍しい。ここは快く受け入れた方がいいだろう。

「そんな、別に謝らなくてもいいよ。奇襲なんてシャドアサでは日常茶飯事だしね」

「そう言って頂けるとありがたいです。でも私はまだ諦めていません。いつか必ず、その三人より私が優れていると証明してみせますから」

「……そっか。でも次に戦う時は私も相手になるからね」

「それは、とても光栄です」

そう言って、ラーネは可愛《かわい》らしく微笑《ほほえ》んだ。

クロも薄々感じていたが、別に根が悪い子という訳ではないらしい。

「そういえばクロ様たちはどうして《カグヤ》に？　あ、もしかしてブックマンをお捜しとか？」

「ああ、まあそんなところかな。ラーネさんたちもそうなの？」

「はい。ブックマンなら、《魂の欠片》が効率よく入手できる方法も知っていると思いまして」

「ああ、なるほど……」

確かにその通りだ。

案外、今現在ブックマンを捜している暗殺者の多くはそれが目的かもしれない。

性能が未知数とはいえ、強力なシステムである《真影覚醒《シャドウ・バースト》》。

現状はクランホームの資金集めを優先しているが、それが終わればクロたちも本格的に欠片の収集を行いたい。

まあ背後でエリカが「《魂の欠片》ってなんだっけ？」とか言っているが、それはまた後で説明してあげるとしよう。

「どうやら、お互い目的は同じようですね」

「うん。それじゃあ、どっちが先にブックマンを見つけられるか競争だね」

「はい！」

笑顔のラーネにクロは「じゃあ、またどこかで」と背を向ける。

するとそこには――

「ねえねえ、アイラちゃん的には今年の春はなにが流行《はや》ると思う？　アタシ的にはカジュアル系のオーバーサイズスウェットとかくると思うんだよね～」

「ん～私は～シャイニー素材のサテンスカートと～ケープジャケットですかね～」

キラキラしたファッショントークに花を咲かせるヒカリとアイラ。

そして――

「……《カグヤ》でオススメの店は南側にある団子屋かな。値段も安いし、なにより餡子《あんこ》が絶品だよ」

「へぇ～、ルーベちゃんって結構グルメなんやねぇ」

「わたし団子好き！　後で大人買いするわ！」

現地のオススメグルメについて語り合うルーベ、ミヤビ、エリカの姿があった。

（なんか仲良くなってる……）

結局その後、全員がフレンドコードを交換した。

◆□◆

ラーネたちと別れた後。書店に到着したクロたちは、ブックマンを誘い出す為の本を探すことにした。

シャドアサ内で販売されている書物は、ほとんどがゲーム内の設定に関するものだ。

世界の歴史。武器やアイテムに関する性能情報。エネミーの習性など。有益な情報が記載されている。

他にも読むことで若干ではあるが、一部のステータスを上昇させてくれる本もあるとか。

しかし今回重視するべきは、ブックマンが興味を持ちそうな、希少価値の高そうな本だ。

四人は注意深く、店内の本を隈《くま》なく手に取っていく。

「師匠、こうしているとなんか現実世界の蔵書点検を思い出しますね」

「ああ、確かに……そういえば、そろそろ向こうもその時期よね」

現実と遜色ない本の手触りを感じながらクロが言う。

実を言うと、図書委員の仕事である蔵書点検は嫌いではない。

時代の流れで紙本の流通が減少傾向にある中、それでも一部の教育機関は図書館等《など》と協力して未だに紙の本を保管している。

そういった何かを誰かに残そうという精神性に触れている気がするからだ。

もしかすると、シャドアサの世界に関する全ての知識を持つブックマンが密かに書物を求めているのも、そういった精神を愛しているからなのかもしれない。

なんて、クロがシャドアサの設定を深読みしていると——

「ッ！」

不意にヒカリが手に持っていた古本を床に落とした。

「ヒカリ？　どうかしたの？」

「……来ました」

「来たって……まさかッ！」

「はい！　《超感覚》です！　今発動しました！　超絶ナウです！」

「「ッ⁉」」

ヒカリの言葉を聞いて、メンバー全員が彼女の周囲に集まる。

ついに来た。

ヒカリの《超感覚》は状況に応じて三種類の異なる効果——《自動回避・無効化》《広範囲索敵》《情報解析》が発動する。

戦闘状態にない今であれば《広範囲索敵》か《情報解析》のどちらか、もしくはその両方が選択されるはずだ。

「ヒカリ、今発動してる《超感覚》の効果は？」

「えっと、《索敵》が五分間発動してるっぽいですね」

「好都合ね。それじゃあブックマンは捜せそう？」

「やってみます……少し待ってください……」

ヒカリは目を閉じ、意識を集中させた。

クロは以前、ヒカリから聞いたことがある。

《超感覚》が発動している時、ヒカリ自身の感覚には一体どういった変化があるのか。

ヒカリ曰く索敵に関しては、広範囲のマップ情報がイメージとして脳内に流れ込んでくるらしい。

そしてマップ上には暗殺者、エネミー、トラップ、アイテムなどの位置情報がマーカーで示されているそうだ。

「……いました。一人だけ、普通のNPCとは違う反応のNPCがいます！」

「そのNPCは今どこにいる？」

「えっと……移動してます。でもこの方向って……」

その後すぐ、目を開けたヒカリはクロたちに言った。

「なんか、ここに向かってるっぽいんですけど……」

犯人は必ず現場に戻ってくる。そんなどこかのミステリー小説のような展開が、今まさに起ころうとしていた。

◆□◆

　ブックマンと思《おぼ》しきマーカーが向かってきていることを知った四人は、とりあえず店内に隠れて待つことにした。

　わざわざ姿を隠しているくらいだ。他者との接触を避けるタイプのＮＰＣかもしれない。

　ただそこまで広くはない店内には、身を隠せるスペースがほとんどなかった為、ミヤビの隠蔽スキルを使うことにした。

　入口から少し離れた壁際に全員で身を寄せ合い、ミヤビが掌印《しょういん》を結んで小型の結界を展開する。

　これでしばらくの間は姿を隠すことができる。

　ただ音までは遮断できない為、今後の会話は通信機能を使うことにした。

『結界の効果範囲ちょっと狭いけど、みんな我慢してな～』

『アタシは全然いいですよ！　なんかおしくらまんじゅうみたいで楽しいですし！』

『ヒカリはポジティブね』

『ねえミヤビ、あんたの尻尾がお腹《なか》に当たって邪魔なんだけど。これ取れないの？』

『着脱式ちゃうわ。あんたの腕と一緒にせんといて』

　なんて会話をしていると――

『ッ！　来ました！　今、店の外にいます！』

『『『ッ！』』』

身構える四人。しかし――

『あ、あれ？』

ヒカリが怪訝《けげん》な声を漏らした。

『どうしたのヒカリ？』

『おかしいです。反応はもう店の中に入っているはずなのに……』

『え、でも入口のドアは開いてないわよ？』

『店の中にも誰もおらんし、足音もまったくしとらんな』

『いや、でも確かに店の中から反応がするんですよ！　あれ～？』

不可思議な状況にヒカリが首を傾《かし》げる。

確かにそこにいるはずなのに、入ってきた形跡がまったく確認できない。

これではまるで……

『ももも、もしかして、ブックマンさんって本当に幽霊だったり⁉』

『落ち着いてヒカリ、恐らくなにかトリックがある筈《はず》よ』

クロは慌てふためくヒカリの肩に手をおいて落ち着かせる。

ブックマンが自らの姿を隠すことができるのは、ある程度予想していたことだ。

だがこれは《気配遮断》や《光学迷彩》とは違う。この二つは、入口の扉を開けずに店内に入ることなどできない。

もしかすると、ブックマンは自らの実体を完全に隠すことができるのか？

それとも暗殺者のスキルを無効化する手段があるのか？

――いや、なにかが引っかかる。

見えない実体。消えた本。開かない入口。

これらのヒントはなにか一つの答えに繫《つな》がっている筈だ。

そして、違和感を辿《たど》ったクロはある仮説に辿り着く。

『ッ！　ミヤビ、ちょっと私に視力強化のバフかけてもらっていい？』

『ん？　まあええけど。あれってただ目がよくなるだけでスキルを看破したりはでけへんよ？』

『うん。実はちょっと確かめたいことがあって』

クロはミヤビに視力を強化してもらい、すぐに店内を見回した。

（もし私の予想が正しければ――）

そしてクロは泳がせていた視線を、丁度正面にある本棚の中段付近で止めた。

「ッ⁉」

それを見つけたクロは驚愕《きょうがく》で目を見開く。

そうか、やはりそういうことだったのか。

『見つけたわ……』

完全に盲点だった。

ブックマンは実体を消していた訳ではない。

――ただ、恐ろしく小さかったのだ。

それこそ全長は砂粒くらいの大きさしかない。

あの見た目であればNPCや他の暗殺者たちがブックマンを発見できなかったことも、入口のドアを開けず店内に入ってこられたことにも説明がつく。

あれではヒカリのように事前に位置を探知できなければ、接触することすらできない。仮にずっと書店に張り込んでいたとしても、ブックマンが店内にいることにすら気付くのは困難だろう。

『ミヤビ、ヒカリとエリカ、あと自分にも視力強化を。それから正面にある本棚の中段を見て欲しいの』

『了解や』

ミヤビは自分を含め、ヒカリとエリカの視力も同時に強化する。

『うわ、なんですかあのめっちゃミニマムな子は⁉』

『なるほどね。確かにアレじゃあ捜すのは一苦労だわ』

『いや、うちはそれよりも驚いてることがあるで……まさかブックマンが……』

改めて判明したもう一つの事実にミヤビは固唾を呑《の》んだ。

なにしろブックマンは――

『あんなに可愛い女の子やったなんて！』


少しクセ毛の入った瑠璃色のショートヘア。サファイア色に輝く宝石のような瞳。

幼いながらも端整な顔立ちからは、どこか幻想的な美しさが漂っている。

そして頭上には、ＮＰＣとしての固有ネームである《ブックマン》の文字。

間違いなく本物だ。

『アッカン。めっちゃうち好みの美少女や。ああ、お持ち帰りしたい……』

『ミヤビ……心の声が漏れてる……』

『おっと失敬。今は視界スクショだけにしとくわ』

そんな美少女――ブックマンは本棚を物色するように歩いていた。

ふと足を止めたブックマンは、ポンチョのような服から細い腕を覗《のぞ》かせ、近くにあった本の背表紙に触れる。

すると、その本は一瞬でブックマンが手に持てるほどの大きさへと縮小された。

そしてブックマンは、その小さくなった本を広げて読み始める。

『なるほどね。ああやって本を小さくしていたから、店主は本が消えたって思ったわけか』

そして代金が置いてあったという証言から考えるに、恐らく小さくしたものを元のサイズに戻すこともできるのだろう。

『どうします師匠？　そろそろ話しかけます？』

『そうね。でも慎重にいきましょう。もし逃げられたら捕まえるのは骨が折れそうだから』

クロはミヤビに視線をおくり、結界を解除させる。

それから、全員で本を物色しているブックマンの背中にゆっくりと近付く。

「あの～」

そうクロが囁《ささや》くように声をかけると、ブックマンはゆっくりと振り返った。

間近で見ると本当に小さい。そして確かに可愛い。

「――ほほう。吾輩《わがはい》を見つけるとは、中々やるではないか」

可愛らしい見た目や声とは裏腹に、随分と風格のある口調であった。

◆□◆

「こんな場所で立ち話もなんだ。少し場所を変えてもらってもいいかな？　あ、因《ちな》みに移動中は誰かの肩にのせてくれたまえ」

というブックマンの提案を受け、四人は街中にある小さな宿屋へ来ていた。

「それでは改めて名乗らせてもらおうか。吾輩の名はブックマン。この世界の知識を司《つかさど》る大賢者である！」

ブックマンは和室の畳に置かれた座布団に立ちながら、胸に手を当てて挨拶をした。

店にいた時も思ったことだが、どうやら身体《からだ》は小さくても声量は変わらないらしい。

そんなブックマンをじっと見つめていたヒカリとエリカが口を開く。

「それにしても……」

「本当に小さいわね！」

「ちょっと二人とも、あまり失礼なこと言ったらダメでしょ」

クロが釘《くぎ》を刺すとヒカリとエリカは「は～い」と返事をした。相手がNPCとはいえ、高度なAIを搭載しているのなら、好感度コントロールは意識しておいた方がいい。

「せやで、小さくても大きくてもそれは些細《ささい》な問題や。肝心なのは形とか柔らかさとかやからな」

「ミヤビは一体なんの話をしてるの？」

身長や体格の話ではないことは確かだが、深く追及するとややこしくなりそうなのでやめておいた。

「ふ～む。だがいつまでもこの姿でいるのは些《いささ》か不便であるな。ずっと見上げていると首が痛いのである」

そう言うと、ブックマンの身体はみるみるうちに大きくなり、大体身長１４０センチくらいのサイズへと変化した。

「――ん、こんなものであるかな」

「ブックマンさんが！」

「大きくなった！」

「あ～ん。大きくなってもやっぱり小さくて可愛いわぁ～」

「凄い……自在に大きさを変えられるんですね」

「うむ、といっても自分の身体と触れた物に限られるがね」

流石はユニークＮＰＣ。随分と便利な能力を持っている。

「それではそろそろ本題に入ろうではないか。君たちは吾輩になにか聞きたいことがあるだろう？　新進気鋭の小規模クラン《リアンシエル》の諸君よ」

「「「「ッ！」」」」

まだ名乗ってもいないのに、ブックマンは既にクロたちの素性を把握しているようだった。

そんな四人の驚いた顔を見ながら、ブックマンは胸を張る。

「言ったであろう、吾輩は知識を司る偉大なる存在。それが世界に刻まれている情報であれば、吾輩に知らぬことはないのである！」

例えばそうであるな。と、ヒカリの腰に差してある短刀を指差した。

「ヒカリくん。君の持っているその刀は、ニコというユニークＮＰＣに作ってもらった物だね」

「わッ！　すごいすご～い！　本当になんでも知ってるんですね！」

「ふふ～ん、それほどでもあるがね！　そういえばニコは元気だったかい？」

「え、まあ元気でしたけど……？」

「そうか。どうせ相変わらず寝坊助《ねぼすけ》なのであろうな」

「ニコと面識があるんですか？」

「ちょっとした古い知り合いである。まあ最近は会えていないがね」

「「へぇ～」」

まさかNPC間にそんな繋がりがあったとは驚きだ。やはりシャドアサは奥が深い。

「それで、わざわざ吾輩を捜してまで聞きたいことはなんであるかな？　遠慮せずに言ってくれたまえ」

「本当にどんなことでも教えてくれるんですか？」

「ああ、だが吾輩から君たちに授けられる知識は一つだけだ。質問は慎重に選びたまえよ」

「一つだけ……」

クロは三人と視線を交わして、頷《うなず》き合ってからブックマンに尋ねた。

「実は私たち、混沌級クエストに挑戦したいと思ってるんです」

「──ほほう」

ブックマンは少し意外そうな表情を浮かべた。

「混沌級クエストか。なるほど確かにアレに挑戦するには、吾輩の持っている知識とアイテムが必須であるな」

言いながらブックマンは、手を前に出して一冊の分厚い本を出現させた。

その本は浮遊しながら、ゆっくりとクロの元へと向かう。

「あの、これは?」

「それは混沌級クエストに挑戦する為のキーアイテム、《魔導書《グリモワール》》である。それを持ち、念じれば、その本が諸君らを混沌級クエスト専用の特殊エリアへと誘ってくれるであろう」

「ッ!　本当ですか!」

「やりましたね師匠!」

「うん!」

「ただし――」

喜ぶクロたちの空気を遮るようにブックマンは言った。

「混沌級クエストは今まで諸君らが経験してきたクエストとはまるで違うのである。今からその詳細について説明しよう。挑戦するかどうかは、その後で決めるといい」

そしてブックマンは語り始める。

シャドウ・アサシンズ・ワールドにおける最高難度。

未だかつて誰も攻略したことがない混沌級クエストに纏《まつ》わる真実を――

◆□◆

「はぁ……」

翌日の学校にて、小夜《さや》は重たい溜息を吐きながらジャージのファスナーをあげた。

体育の時間はいつも憂鬱だ。

運動神経自体は平均的なのだが、どうにも小夜にはスポーツのセンスというものがない。

端的に言えばどんくさい。さらに影が薄い為、チーム競技においてはまったくといっていいほど役に立てない。

パスはこないし、人にはぶつかりそうになる。

小学生の時はドッジボールでまだ小夜が内野にいるのに、試合が終了したことがあるくらいだ。あの時の虚《むな》しさは筆舌に尽くしがたい。

幸い今日の授業はバレーボールなので、コートに立っていれば自然と試合は終わるだろう。

名付けて、できるだけ隅っこで邪魔にならないようにしよう作戦である。

ホイッスルが鳴って試合が始まると、小夜はクラスメイトたちの間を行きかうボールをボーッと目で追った。

昨日、ブックマンから聞かされた混沌級クエストの話が頭から離れない。

——あんなもの、いくらなんでも無理ゲーすぎる。

　あの内容ならば、今まで誰もクリアしたことがないというのも納得だ。

　しかし現状、あのクエストをクリアするしか早急にクランホームの購入資金を集める方法は思いつかない。

　他の三人は挑戦してもいいと言ってくれたが、クロは少し考えさせて欲しいと一旦結論を保留にした。

「はぁ……」

　今日何度目かも分からない溜息。

　こういう時、自分にもっと自信があれば……そう思わずにはいられない。

　ウジウジして情けない。せっかくみんなが信頼してリーダーを任せてくれたのに――

「小夜っち危ない！」

「え――ッ!?」

　たぶんそれは明美《あけみ》の声だったと思う。

　だがそれを確認するよりも先に、小夜の顔にバレーボールが直撃した。

（しまった……忘れてた……）

　衝撃の後で薄れゆく意識。その中で小夜は思い出す。

　他人を狙うドッジボールと違い、バレーボールは誰もいないところを狙ってボールを打つ競技だ。

　さらに影の薄い小夜の立つ場所は、普通の人間から見れば空白に映ってしまう。

その結果、上の空でコートに立っていた小夜は剛速球を顔面でもろに受ける形となった。

きっと鼻血とか出てしまうやつだ。恥ずかしい。こんなことなら仮病でも使ってサボるべきだった。

いや、そもそもボーッとしていた自分が悪いのだけど。

辛《かろ》うじて頭から床に倒れはしなかったが、次第に小夜の意識は現実から遠のいていく。

その感覚は《IMAGINARY《イマジナリー》》に接続した時とよく似ていて、小夜は夢の中でブックマンが語った混沌級クエストについて思い出していた。

◆□◆

「――混沌級クエストはこの世界に全部で七つ存在する。その内容は単純明快。特殊なダンジョンエリアを進み、そこを支配しているボスエネミーを倒すこと。報酬はクエストによって異なるが、少なく見積もっても上級クエストの数十倍のクレジットが獲得できるであろう。勿論《もちろん》、希少なアイテムのドロップ率も破格である」

ブックマンは淡々とした口調で混沌級クエストについて説明する。

思っていた通り、クリア時の恩恵は絶大のようだ。これならば、ほぼ間違いなくクランホームの資金は回収できるだろう。

「ただ混沌級クエストには全てに共通するルールがある。それはまず参加人数が四人以上でなければならないこと。この参加人数に上限はなく、レベルの制限もない」

　参加人数の制限なし。それはつまり大規模なレイド戦になる可能性もあるということだ。

　一見すると挑戦する暗殺者に有利な条件に聞こえるが――

「しかし混沌級クエストでは、参加した暗殺者が一人でも死亡した時点で全ての者が失敗扱いとなる。蘇生《そせい》アイテムは一切使用不可。正真正銘一度きりの命であるな」

　それが如何《いか》に厳しい条件であるかは、シャドアサプレイヤーなら説明されるまでもない。

　その条件下であれば、闇雲な寄せ集めの集団ではむしろいたずらに死亡率を上昇させてしまうだろう。

　求められるのは信頼できる統制の取れた精鋭チーム。

　それだけであれば勿論挑戦するのだが――

「そして失敗時のデスペナルティは全員一律。個人、クランで保有しているクレジットの九割と、獲得した経験値の五倍を失い、入手したアイテムも全て没収となる。さらにそれ以降、他の暗殺者が同じクエストに挑戦するまで、混沌級クエストの挑戦権も剝奪となる」

　ブックマンが淡々と厳しい条件を付けくわえていく。

クロはどんよりとした重い空気が肩に圧《の》し掛かるのを感じた。

ある程度のデメリットは想定していたが、これでは失敗するだけで今までみんなで積み上げてきた努力が水の泡になってしまう。

「さて、吾輩から説明できることはこのくらいであるな。《魔導書《グリモワール》》が実体化していられるのは七日が限界である。それを過ぎれば本は消滅し、挑戦権も自動で消滅するから、それまでに結論を出すことをすすめるぞ」

◆□◆

「ん……」

次に小夜が目を覚ますと、そこは白いシーツが敷かれたベッドの上だった。

ゆっくりと身体を起こす。――顔が少しヒリヒリして痛い。

「ああそっか……私、確かボールが顔に当たって……」

思い出して顔を触る。幸いどこも怪我《けが》はしていないようだった。

改めて周囲を見回す。どうやらここは学校の保健室らしい。

きっと誰かが運んでくれたのだろう。

「……………」

小夜は俯《うつむ》いて、先ほどまで見ていた夢の記憶を思い返す。

結局あの後、情報を提供してくれたブックマンは一瞬で小さくなって、クロたちの前から姿を消してしまった。

残されたのは一冊の《魔導書《グリモワール》》と、クエストに挑戦するかどうか決断するまでのタイムリミットだけ。

準備期間等を考慮すると、数日中には結論を出さなくてはならない。

でも、やはりまだ答えは出そうにない。

と、そこで閉め切られたカーテンが静かに開いた。

そこに立っていたのは眼鏡をかけた白衣姿の男性。

「目が覚めたかね？」

「あ、はい……」

誰だろう？

少なくとも。いつもいる保健室の先生ではない。

いや、それよりも——

(足なが⁉　顔ちっさ⁉　しかもメチャクチャ美形⁉)

その男性は映画俳優も顔負けのルックスをしていた。

年齢は三十代くらいだろうか。

顔の造形もさることながら、知的な眼鏡と右目の下にある泣きボクロがセクシーなオーラを醸し出している。

でも何故だろう。どことなく誰かに似ているような……

「あの……」

「ああ、無理はしなくていい。混乱しているかもしれないから簡単に説明すると、君は軽い脳震盪《のうしんとう》で少しばかり気を失っていた。だが心配はいらない。最近の教育機関には小型化されたメディカル機器が常備してあってね。既に検査は終えている。骨、血管、脳波、その他諸々《たもろもろ》異常なしだ」

男性はまるで機械のように無感情なトーンで説明してくれた。

「しばらくは少し倦怠感《けんたいかん》があるかもしれないが、安静にしていればすぐに回復するだろう」

「そう、ですか……ええっと、保健の笹塚《ささづか》先生は……？」

「笹塚先生は急病でお休みされている。私はその代理だ」

「なるほど」

そう言えば朝のホームルームで担任がそんなことを言っていた気がする。

「君のご両親に連絡したが、この後迎えに来るそうだ。もし身体にどこか違和感を覚えたらすぐに病院へ連れていってもらいなさい」

「あ、はい……ありがとうございました……」

小夜が頭を下げると、男性は「では私はこれで失礼する……」と一言添えて保健室から出て行った。

だがそれからすぐに再び保健室のドアが開き、

「小夜っち！　大丈夫⁉」

明美が血相を変えて保健室に入ってきた。

「あ、明美？」

「もうマジでめっちゃ心配したんだよ！　だって小夜っちの顔にボールがバアアンッて当たってさ！　小夜っちも倒れちゃうしアタシもうどうしようかと思って気が気じゃなくて！　しかも今日笹塚先生もいないし！　ホントどうしようかと思ってさっきまで涙止まらなくてつけま取れちゃったし――」

「分かった。分かったから明美、まずは少し落ち着いて……私はもう大丈夫だから」

「本当……？　本当になんともない？」

「うん、さっきまでいた代理の先生も問題ないって言ってたし」

「……そっか」

「ん？　明美？　どうかしたの？」

「……ああ、いや、実はさっきの人……アタシのお父さん、なんだよね……」

「……え、ええ⁉　それって総合病院を経営してるっていう……あの⁉」

明美はこくりと頷いてから小夜の隣に腰掛け、事の経緯を説明してくれた。

「実はさ。小夜っちが倒れてすぐ先生が救急車を呼んだんだけど、渋滞で時間が掛かるって言われて……それでアタシがお父さんに電話したの……お父さん今日お休みでお家《うち》にいると思ったから……」

そうして救急車よりも先に明美の父親が学校に到着。小夜の応急処置と検査を行ったとのことだった。

その後に救急車も到着したらしいが、明美の父親が事情を説明して帰ってもらったらしい。

以前、明美が検査入院した時に話していた感じだと、あまり父親とは上手くいっていないような印象を受けたが、今回はそういった事情は脇に置いて行動してくれたようだった。

「ありがとう明美。今度改めて明美のお父さんにもお礼をしなくちゃね」

「気にしないでいいって。お父さんだってお医者さんなんだから。それよりさ……」

「ん？」

「いや、なにか悩み事でもあるのかなって……今日の小夜っち、ずっとなんか悩んでるみたいだったからさ」

「それは……」

どうやら明美にはバレていたらしい。

流石と言うべきか、それとも小夜が分かりやすいのか。いずれにしても恥ずかしい。

やはり話すべきなのだろうか。今、自分が抱えている悩みを――

「よッ！」

「あ、ちょっと――」

急に明美が横になり、頭を膝に乗せてきた。

「な、なんでいきなり膝枕？」

「えへへ、なんとなく。ああでも重かったらやめるよ？」

「……別に……好きにすればいいと思うけど……」

「じゃあしばらくこのままで！」

「はいはい……」

渋々受け入れる小夜。少しばかり驚いたが、たぶん明美は暗くなりそうな空気を少しでも和ませたかったのだろう。その気遣いは素直に嬉《うれ》しい。

「小夜っち。もしかしなくても、シャドアサのことで悩んでるっしょ」

「……うん」

「やっぱり」

「……おかしいわよね。ゲームのことでこんなに悩んだりするなんて……」

「そんなことないよ。小夜っちにとってシャドアサは大切なものなんだし。勿論、アタシにとってもね」

明美にそう言われて、少しだけ胸が軽くなる。

その優しさに甘えるのは少しずるいと思いつつも、小夜は抱えている胸の内を吐露した。

「混沌級クエストのこと、どうしたらいいかまだ答えが出せなくて……」

「それは、やっぱりペナルティが重いから？」

「……それもあるけど。一番怖いのは、失敗した時に誰かが悲しい思いをするんじゃないかと思って……」

混沌級クエストは誰か一人が死ぬことで強制リタイア、しかもデスペナルティが全員に影響する仕様だ。

そのあまりに高いリスクと責任をメンバーに背負わせることは、果たして本当に正しいことなのだろうか？

もしも、失敗した時に誰かが責任を感じてしまったら……そう思うと胸が苦しくなる。

あの時、自分のせいで——そんな罪悪感を友達に抱いて欲しくはない。

一人だった時には分からなかった。

自分が傷付くよりも、大切な人が傷付くことの方がずっと怖いなんて。

それに——

「私がもっとしっかりしたリーダーだったら……とか、そんなことも一緒に考えちゃって……なんだか自分が情けなくて……」

心というのは本当に厄介だ。

ステータスと違い、心には明確で数値的な表現があるわけじゃない。

ほんの少し成長できたかと思えば、また新しい悩みが次から次へと湧いてくる。

明美の特別になりたいという思いも。リーダーとしての責任感も。結局は小夜が自分に自信が持てないことが原因だ。

少しずつ変われればいいと分かってはいても、全ての物事が小夜の成長を待っていてくれる訳じゃない。

「小夜っち的にはクエストに挑戦したい感じ？」

「……本心ではみんなと一緒に挑戦したいって思ってる。ホームのこともそうだし。クランとしての力をここで試してみたい。でもそれって私のわがままなのかなって……」

「そっか」

明美は短くそう言うと、少しだけ間を置いてから小夜に尋ねた。

「ねえ、この前アタシが小夜っちの家に泊まった時さ、一緒にゲームしたよね？」

「え？　うん……したけど……」

「あの時さ、小夜っちアタシに全然勝てなかったじゃん？」

「それは……うん……見事なまでの惨敗だったわ……」

「小夜っちはそのことで悲しくなったりした？」

「そんなことあるわけないじゃない。だってあの時は……」

悔しかったのは本当だが、それ以上に楽しかったから。だからあの時のことは、小夜にとって大切な思い出だ。

「ゲームってさ、本来はすっごく楽しいものだよね。失敗しても、負けちゃっても、それ以上に楽しいことがどこかにあるからみんなやってる。それはきっと一人でも、二人でも、何人でやっても同じだと思うな」

「それは、そうかもしれないけど……」

「アタシはね、今回のクエストが失敗したとしても、それはそれでいいと思ってるよ。いや、たぶんアタシだけじゃなくて、宮子《みやこ》ちゃんと英梨《えり》ちゃんも同じ気持ちだと思うな」

「そう、なの？」

「うん。だってもし失敗してクレジットが無くなっちゃってもさ。またみんなで集めればいいじゃん」

「でも、それだとホームを買うのに時間が掛かりすぎちゃうし……」

「そうだね。ホームを早く買う為に小夜っちは、ずっとがんばってくれてたもんね」

「………」

「だけどさ、成功も失敗も、そういうのも全部ひっくるめてみんなで共有できるのが、本当のチームだってアタシは思うな」

「──ッ」

明美に言われて小夜は思い出す。

そうだ。それが一番大事なことだった筈なのに、いつの間にか忘れてしまっていた。

小夜はただ、みんなで楽しくゲームがしたかった。でもその楽しさは、なにも成功だけじゃない。

それなのに一人で悩んで、怖気《おじけ》づいて、全部自分一人で抱え込んでしまった。

「たとえどんな結果になっても、アタシたちなら大丈夫だよ」

明美は頭を動かして、小夜の顔を見上げる。

「アタシたちは失敗しても誰かを責めたりしないし。もし誰かが責任を感じたとしても、きっとみんなでフォローできるよ。だから悩んだらもっと相談して。荷物はみんなで分け合おうよ。だって、その為にアタシたちは一緒にいるんだからさ」

「うん……」

「だから勇気を出して。だって小夜っちはシャドアサ最強の忍者で、《リアンシエル》のリーダーで、――なによりアタシの自慢の師匠なんだからさ」

「………………そうね」

小夜は明美の頬にそっと手を置いた。

そして、密かに心の中で誓いを立てる。

これからは、どんなに些細なことでも友達に相談しよう。

だって楽しいことも、悲しいことも、その全部を大切な思い出にしていきたいから。

◆□◆

「それじゃあ小夜っち、お大事にね～」

小夜のお見舞いを終えた明美は、保健室のドアをそっと閉じた。

そして顔から笑顔をスッと消し、

「――ありがとう。お休みなのに来てくれて」

小さな声で、視線を向けないまま、すぐ近くの窓際に立つ父親へ向けて言った。

そして、すぐに温度のない低い声が返ってくる。

「別に、お前の為に来たわけではない。医者として当然のことをしたまでだ」

「……お礼くらい素直に聞けばいいのに」

相変わらず無愛想な父親だ。表情も読めないし、言い方にもどこか棘《とげ》がある。

それなのに娘のやることにはすぐに口を出す。

自分はいつも正しいと考えている。

明美とは正反対の性格。だからなのか、いつも父には反抗的な態度を取ってしまう。

でも、母が亡くなってからはたった一人で明美を育ててくれた。

それについては心から感謝している。

だから、わがままを聞いてもらった今日くらいは、いい娘でいてあげようと思い、明美はある提案をすることにした。

「ねえお父さん。今日の夜ご飯なに食べたい？」

「……なんだ急に」

「だってせっかく久しぶりのお休みなんでしょ？　だから特別に、今日はアタシがお父さんの好きなもの作ってあげる」

「……これといって希望はない。お前に任せる」

父はそう言って踵《きびす》を返して歩き始めた。

しかし明美は知っている。父は照れている時、絶対に背中を向けるのだ。

「え〜、なんでもいいが一番困るんですけど〜」

「…………」

「あ、じゃあビーフシチューにしよっか、お父さん好きだもんね！」

「……好きにしなさい」

「は〜い！」

その夜、明美は久し振りに父と食卓を囲んだ。
そして父親にシャドアサや小夜のことについて、それはもう熱く語ったりしたのだが、
それはまた別の話である。

第六章　混沌級《カオス》クエスト

「──みんなお願い。私と一緒に混沌級《カオス》クエストに挑戦してほしいの」

保健室で明美《あけみ》と話した翌日の夜。

シャドアサにログインした小夜《さや》──クロは、宿屋でミヤビとエリカに頭を下げていた。

そんなクロの背後には、黙ってその光景を見守るヒカリの姿もある。

「私、リーダーとしてはまだまだ全然頼りないけど。でも、だからこそみんなの力を貸して欲しい。こんな情けなくて、ちっぽけな私だけど、一緒に戦って欲しいの」

本当は、わざわざこんなこと口にしなくてもいいのかもしれない。

もしくは、コミュニケーション能力の高いヒカリにサポートしてもらった方がいいのかもしれない。

だけど、どうしてもこれだけは自分の言葉で話しておきたかった。

それがこれから先も、みんなと一緒に戦っていく為《ため》に必要だと思ったから。

一度口にした言葉は引っ込められない。だからこれは、クロなりの覚悟の証明なのだ。

「お願いします。私を信じて一緒に戦ってください」

そして、クロがゆっくり顔をあげると──

「──ふぇ？」

ミヤビとエリカがクロの頬を両側からつまんできた。

「ら、らりひゅるの？」

「いやぁ～、だってクロちゃんがやたらとお堅いこと言うもんやから」

「ちょっと柔らかくしてあげようと思ったのよ！」

二人は笑いつつ、クロの頬から手を放す。

「やれやれ、うちのリーダーはち～とばかし傲慢さっちゅうもんが足らんな」

「まったくね。リーダーなんて、ちょっと威張ってるくらいが丁度いいのよ！　少なくともわたしならそうするわ！」

「うぅ……確かにそれは私の性格的に難しいかな……」

「でもまあ、うちらはそういうクロちゃんやから付いていこうと思うたわけやし」

「だからクロが嫌って言っても、わたしたちは力を貸すわよ！　友達だからね！」

「ミヤビ……エリカ……ありがとう……」

と、そこでクロの背後にいたヒカリが耳元でそっと囁《ささや》きかけてきた。

「だから言ったじゃないですか。大丈夫だって」

「……うん」

少し怖かったけど、やっぱり話をしてよかった。

これでもう迷いはない。たとえどんな結果になっても後悔はしない。

そしてこの日から、混沌級クエストに向けて《リアンシエル》の特訓が始まった。

◆□◆

混沌級クエストの挑戦権である《魔導書《グリモワール》》が消滅するまで残り六日。

この短い日数で《リアンシエル》ができることは決して多くない。

なにしろ全員で集まってゲームができる時間は精々数十時間が限度。これでは、どれだけ必死にやっても劇的なレベルアップやステータスの向上は望めない。

できることは純粋な戦闘技術と連携戦術の向上。

四人はできるだけ難易度の高いダンジョンに潜り、ひたすらエネミーとの戦いに明け暮れた。

課題はなんといっても死なないこと。

その為には今まで以上にダメージコントロールを意識し、決して無理はせずに仲間の動きを把握することが重要だ。

加えて四人には各個人の課題もある。

クロは指揮役《リーダー》としてメンバーに的確な指示が出せるよう、冷静な分析能力と状況判断能力を高めること。

ヒカリは今まで培ってきた基礎を応用して、どんな状況でも対応できるテクニックを身に付けること。

ミヤビはチーム全体の能力を最大限に引き出す為、常に最善なサポートスキルを選択し、運用できるようにすること。

エリカは安定した火力を維持する為の集中力と持久力、そして盾役《タンク》としてメンバーを守る為に防御技術を向上させること。

四人は一つの戦闘が終わる度にそれぞれ意見を出し合い、改善点を話し合った。

一分一秒。一瞬だって無駄にはできない。

四人は次の日も、そのまた次の日も。時間が許す限り特訓を繰り返して、連携の精度を高めていった。

決して楽なことではなかったが、そこには真剣だからこそ生まれる楽しさもあった。

クロはこんな日々が続くのも悪くないかも。なんて思ったりもした。


そして、そんな楽しい時間は瞬く間に過ぎていき――


「それじゃあみんな、心の準備はいい？」

「はい！」「いつでもぉ～」「生まれる前からできてるってのよ！」

とある森に集った四人の少女はお互いに顔を見合わせる。

全員の準備が整ったことを確認したクロは、アイテムストレージを操作して、その手元にブックマンから渡された《魔導書《グリモワール》》を取り出した。

それからゆっくりと息を吸い込み、

「――転移」

システムコールの後、《魔導書《グリモワール》》から発せられた眩《まばゆ》い輝きが四人の少女を包んだ。

三月十三日。土曜日。午後一時三十二分四十五秒。

《リアンシエル》は混沌級クエストの攻略を開始した。

◆□◆

――これは遠い昔の物語。

その男は生まれながらの剣士であった。

男はただ強さのみを求め、明日は今日斬った者よりも強い者を斬ることを信条として、強さを高める為に剣を振るった。

時に男の剣は人を救った。

時に男の剣は戦争で国を勝利に導いた。

そしていつしか、男は多くの人々に慕われ、一国一城の主《あるじ》となった。

だが男は研鑽《けんさん》をやめず、ひたすらに剣を振るい続けた。

やがて時が流れ、ついに男の剣は人ならざるもの、神さえも殺しうるものとなっていた。

しかし古き神々はそれを許さず、男にある呪いをかけた。

呪いにより正気を失った男は魔に堕《お》ち、愛する者を次々と斬り殺した。

殺された者たちは亡者となり、さらなる殺戮《さつりく》の渦で国を地獄へと変えていった。

男が正気を取り戻したのは、全てが終わり、生きとし生ける者が消え去った後だった。

男は絶望した。

だが男の肉体は呪いによって、自死の自由さえも許されぬ身となっていた。

そして男は今も尚《なお》、《千年城》の最上にて待っている。

——呪いという名の暗闇を殺すことができる者を。

◆◇◆

転移が完了すると、四人は深い霧の中に立っていた。

視界は辛《かろ》うじて互いの姿が見える程度で、周囲の様子は一切わからない。

呼吸をする度に、肺の中に氷のような冷たい空気が流れ込んでくる。

しかし、それよりも四人が気になったのは——

「あ、あれ？　アタシだけですかね。今、転移の最中に変な映像が見えたような……」

「わたしも見えたわ！　なんか昔話の紙芝居みたいなやつ！」

「クロちゃん、今のって……」

「うん、私にも見えた。たぶんクエスト開始前の導入ムービー的なものだと思うけど……」

今までのクエストではそういった演出は存在しなかった。

やはりこのクエストは何かが違う。

開幕から混沌級クエストの異質さを感じていると、周囲に満ちていた霧が少しずつ晴れていった。

そして現れたのは、見たこともない巨大な建造物。

「これ……お城……ですかね……？」

視線を上にあげたヒカリが首を傾《かし》げながら疑問を口にした。

その歪《いびつ》な形状をした巨大な建造物は一見すると日本の城を彷彿《ほうふつ》とさせるが、不自然に捩《ね》じれた枝のようなものが所々から飛び出しており、見る者全てを畏怖させるようなオーラを放っていた。

天空には暗雲が立ち込め、紫電が獣の呻《うめ》き声のように轟々《ごうごう》と鳴り響いている。

辛うじてそれが城なのだと分かったのは、恐らく転移前に見た映像を見たお陰だろう。

「ふぅ～ん。如何《いか》にもラスボスが住んでそうなお城やね」

「いいじゃない。四人の勇者が魔王を打ち倒す！　これぞＲＰＧの王道よ！」

「勇者じゃなくて暗殺者だけどね」

「まあいいじゃないですか師匠。どっちにしてもやることは同じな訳ですし」

それからすぐ、城の正門が軋《きし》みながら縦に開いた。

まるで訪れた者を招き入れるかのように――

「それじゃあみんな、気を引き締めていきましょう」

「「了解！」」

そうして四人は暗闇が満ちる《千年城》の中へと足を踏み入れていった。

◆◇◆

「――止まって」

壁に灯《とも》った蠟燭《ろうそく》だけが照らす広い廊下にて。

いち早く敵の気配を感じたクロは、片手をあげて三人を制止させた。

「どうやら、早速お出ましみたいね」

「「ッ！」」

通路の奥から現れたのは三体の鎧《よろい》武者《むしゃ》型エネミー。

頭上には《呪鎧武者《じゅがいむしゃ》》という名前が表示されている。

「レベルは……90か……最初の雑兵にしてはやけに高レベルね」

「ふんッ！　準備運動には丁度いいわ！」

「よ～し、修行の成果見せちゃいますよ～！」

「それじゃあうちは例のごとく後方支援やね。みんな気ィつけてな～」

アタッカーの三人が走り出したのと同時。ミヤビが敵に《速度鈍化》《防御力低下》のデバフを付与した。

先行して敵に肉薄したエリカに対し、三体の《呪鎧武者《じゅがいむしゃ》》が鋭い斬撃を繰り出した。

「おっと」

最小限の動きで攻撃を回避するエリカ。

今までなら正面から防御していた彼女だが、今は違う。

なにしろこの回避技術はクロの直伝だ。そう易々《やすやす》と被弾したりはしない。

そして一連の攻防を見て、クロは敵の力量を把握した。

ミヤビのデバフを受けているにもかかわらず、敵のスピードはかなりのものだ。しかもエネミーにしては異常なまでに正確な攻撃。これは油断すれば一瞬で致命傷を負わされてしまうだろう。

だがこんな序盤で躓《つまず》いてはいられない。

クロはヒカリに視線だけで合図をおくり同時に《高速移動》で加速する。

そしてエリカが敵の注意を引きつけている隙に《呪鎧武者《じゅがいむしゃ》》の死角に潜り込み、防御の薄い鎧の隙間を狙って斬撃を浴びせた。

三体の《呪鎧武者《じゅがいむしゃ》》が僅かに体勢を崩した所で、ミヤビが拘束スキルを発動。

四方の虚空に浮かんだ五芒星《ごぼうせい》から鎖が飛び出し、鎧武者たちの身体《からだ》を縛り上げる。

完全に動きを封じたところで、アタッカー三人はそれぞれエネミーの弱所《ウィークポイント》部分に攻撃。確実にHPを削り切った。

この間、僅か十秒弱。《リアンシエル》は一切言葉を交わすことなく90レベルのエネミー三体を殲滅《せんめつ》した。

「それじゃあ、先を急ぎましょうか」

「「「おう！」」」

それから四人は修行の成果を発揮しつつ、エネミーを倒しながら城内を進んでいった。

◆□◆

上層を目指していく中で、いくつか分かってきたことがある。

まず上層に行く手段について、これには階層のどこかにある階段を使わなくてはならない。

階段がある場所は階層によって異なり、廊下の突き当りや大広間の中央だったりする。

これは一度試してみたから分かったことなのだが、遭遇した敵をうまく撒《ま》いて階層を無理やり上がろうとしても、まるで見えない壁に阻まれるかのように階段を上ることができなかった。

恐らく上層に上がる為の階段は、一定数以上のエネミーを倒すことで使えるようになる仕様なのだろう。

しかもエネミーの強さも階層を上がるごとに上昇していった。

特に第三階層以降は――

「これ、マジで言ってるの？」

エリカが半分ほど呆《あき》れたような声とジト目で言った。

今、四人の前には全長五メートルはあろうかという巨大な機械仕掛けの鎧武者がいた。

レベルは１００。まず間違いなく通常ダンジョンのボスに匹敵するエネミーだ。

「まだ最上層じゃないわよね？　どうしてもコイツと戦わないといけないわけ？」

「そうみたいやね。しかも見た目通り無駄にＨＰ高いし」

「もしかして……ここから先はこういう奴《やつ》が毎回出てくるんですかね……」

だとしたらかなりしんどい。そう言外に含んだヒカリが肩を落とす。

「…………」

「師匠？　どうかしたんですか？　さっきから黙ってますけど？」

「いや、あのエネミー相手だったらみんなで考えたフォーメーションを沢山試せそうだなって……。ボス戦前にこれはある意味ラッキーかも……」

「ああ、ダメだこの師匠。完全にお楽しみモードに入ってる……」

その後、巨大エネミーは思いの外苦戦せずに倒すことができた。

戦闘終了後。ふとエリカがボソッと呟《つぶや》く。

「クロってさ、たま～に変なスイッチ入るわよね」

「あ～それうちもちょっと感じとったわ。大人しい性格やのに割とバーサーカーなんよな」

「まあそこが師匠の可愛《かわい》いところでもあるので、温かく見守ってあげてください」

「そこ聞こえてるから！　人を変人扱いしないで⁉」

◆□◆

「と～ちゃく‼」

階段を登り切ったヒカリが搾り出すような声で叫んだ。

クエスト開始から約二時間。四人はついに最上層へと到達。

第三階層以降はあからさまに挑戦者の心を折りに来るボスラッシュが続いたが、どうにかここまで辿《たど》り着《つ》くことができた。

「覚悟はしてましたけど、想像の十倍はしんどかったですね……」

ヒカリは脱力しながら、口から魂でもこぼれてしまいそうな表情を浮かべる。

その隣でエリカは腕を組みながら胸を張った。

「ふっ、まあちょっと苦戦したけど。わたしたちの手にかかればどうってことないわね！」

「よう言うわ。二、三回死にかけたクセに」

「なによ。第四階層はわたしのロケットパンチが決め手になったじゃない！」

「せやな。お陰でクロちゃんがあんたをおぶって濁流トラップから逃げる羽目になったわ」

「あはは、私は全然気にしてないよ。実際あの敵はエリカのロケットパンチがなかったら結構厳しかったしね」

実際どうにか最上層まで辿り着けたのは全員の活躍があってのことだった。

とはいえ、想定していたよりも多く回復アイテムを消耗してしまったのも事実。

幸いなのは、疲労はしていても全員の集中力はまったく衰えていない。

後は泣いても笑ってもボスを残すのみだ。

「はぁ……でもうち、ちょっとショックやわ……」

「どうしたのミヤビ？」

「だって、普通可愛い女の子が四人もダンジョンに入ったら、エロいトラップの一つや二つ出てくると思ったのに、ひとっつもなかったやんか！」

「ああ、そっちね……」

こんな緊迫した状況下でそんなことを考えられるミヤビは、ひょっとするとかなりの大物なのかもしれない。とクロはむしろ感心してしまった。

「あ～あ！　もっとこう服だけ溶かすスライムとか、ヌルヌルした触手とか期待してたんやけどな～」

「師匠、シャドアサってそういうのいるんですか？」

「いや、現状は確認されてないかな……でもシャドアサは未知数な部分が多いし……」

「クロ、真面目にミヤビのスケベトークに付き合ってたらキリがないわよ。右から左に流しなさい」

雑談を交えながら、四人は静寂の満ちた長い一本道を進んだ。

そして見えてきたのは閉ざされた大襖《おおぶすま》。その表面には荒々しい筆跡で『天上天下』と書かれている。

雰囲気から見て、この奥にボスがいるのは間違いないだろう。

ボス戦。ダンジョン攻略において最大のイベント。

今までとは比べ物にならない激戦になることは想像に難《かた》くない。

問題は、そのボスをどうやって倒すかだ。

「それじゃあ休憩も兼ねて、ボス戦前に最後の作戦会議をしましょうか」

そうクロが提案し、全員がその場に腰を下ろす。

「ここまでの戦闘とクエスト開始前に見た映像から考えるに、恐らくボスは近接戦を主体にしたサムライ型エネミーの可能性が高いわ。たぶん、攻撃のほとんどがまともに当たれば即死級のはず」

「じゃあ防御バフは即死耐性を主体にして、攻撃力とＡＰ回復を優先した支援構成にした方がええな。ＨＰはできる限りうちが手動で回復させるから、みんなは戦闘に集中してええで」

「ありがとうミヤビ。攻撃は基本的に私、ヒカリ、エリカの同時展開で行きましょう。互いにサポートしあって、隙があれば大技で一気に畳み掛ける。回復アイテムの残量的にどうしたって持久戦は不利になるだろうから、できるだけ短期決戦でいきましょう」

「了解です！」「分かったわ！」

「よし、それじゃあ――」

作戦の最終確認を終え、四人の少女は立ち上がる。

「ボスを倒して、私たちのクランホームを買おう！」

「「「お～！」」」

拳を突き上げた四人は大襖の前に並ぶ。

クロが襖の表面にゆっくりと触れる。

すっと静かに開いた大襖の奥には無明《むみょう》の闇が広がっていた。

「じゃあ、開けるね」

四人はその中にゆっくりと足を踏み入れていく。

全員が部屋の内部に入ると、襖は閉ざされ霞《かすみ》のように消えてしまった。

退路はもうない。

ボウッと空中に蠟燭が一つ灯った。それを境に次々と部屋中を怪しい光が満たしていく。

そこはどこまでも続く果てのない大広間。壁も天井も存在せず、身を隠すための遮蔽物も一切ない。

「全員警戒を緩めないで。――ミヤビ、よろしく」

「ほいきた」

ミヤビが両手で印を結ぶと、全員のステータスにいくつもの強化――《攻撃力向上》《即死耐性向上》《敏捷性向上》《びんしょうせい》《AP自動回復》が付与されていく。

これで準備は万全。ほどよい緊張感が全員の集中力を高めていく。

鼓動が速まり、神経が研ぎ澄まされ、そして……

――四人の身体は刹那の内に両断された。

「「「「――ッ!?」」」」

驚愕《きょうがく》と戦慄。だが四人はすぐに自分の身体に異常がないことに気が付いた。

「あ、アレ？　今、アタシ斬られたような……」

「わたしも……」

「うちもや……なんや今の……？」

「落ち着いてみんな、ダメージもないし、状態異常もない。今のはたぶん――」

ただの幻覚。ただそれがあまりにも現実味を帯びていた為、誰もが本当に斬られたのだと錯覚してしまった。

なにが起こったのかは分からない。

ただ、分かるのは。明確に『死』を自覚させられたということだけ。

スキルによるダメージとは違う。もっとなにか、生物が持つ根源的な危険信号だ。

そして、これと似ている感覚をクロは知っている。

あれはそう。シャドアサを始めてすぐに、《鴉《からす》》と呼ばれるレアエネミーと遭遇した時に感じた恐怖。

「………………」

クロは自分の手が微《かす》かに震えていることを自覚した。

「――来たか」

闇の奥で声が響いた。

重い足音がゆっくりと少女たちへ近づいてくる。

蠟燭が果ての見えない大広間を照らしていき、禍々《まがまが》しい鎧を身に纏《まと》った一人の武者《サムライ》が姿

る。

およそ二メートル強はある巨軀《きょく》。肩からは屈強な腕が二本、背中からも二本伸びていを現した。

腰に二振り、背中に二振りの大太刀を差し、顔には鬼を思わせる仮面を付けていた。

まさに異形の魔人とも言うべき姿。

しかし四人が注目したのは見た目だけではない。

「あの、師匠。あれってボスエネミー……ですよね……？」

「だと思うけど……」

「でもあいつ、今喋《しゃべ》ったわよね？」

「うちもそう聞こえたわ……」

シャドアサに登場するエネミーは基本的に言葉を話さない。

それは高レベルのボスエネミーとて例外ではなく、意思の疎通は不可能とされている。

だが今、あのエネミーは明らかに人語を発した。

「此度《こたび》は子鼠《こねずみ》が四匹か……」

ボスの頭上にエネミーネームである《カゲマサ》の文字が表示された。

「まあよい。仮にもここまで上ってきたのだ。それなりに腕は立つのだろう」

カゲマサは四本の腕を動かし、腰と背に携えた刀を抜き放つ。

それは異なる色の刀身を持つ四振りの大太刀。

凄《すさ》まじい威圧感が四人の顔に緊張を走らせた。

そして理解する。先ほど感じた『死』のイメージは、カゲマサが発した『殺気』によってもたらされたものだと。

ここはゲームの中、HPがゼロになっても実際に死ぬわけではない。

だというのに、少女たちの脳内には確かな『恐怖』が生まれつつあった。

「――ゆくぞ」

「「「「ッ!!」」」」

だが今は臆している場合ではない。

四人は感じていた恐怖を無理矢理頭から追い出し、向かってくるカゲマサと交戦に入った。

◆□◆

「くッ!?」

振るわれたカゲマサの大太刀を、クロは闇鴉《やみがらす》で弾《はじ》いた。

完璧に受け流した筈《はず》なのに、衝撃が腕を軋ませている。

数合打ち合っただけですぐに分かった。この攻撃はまともに当たればその時点で即死だ。

カゲマサは今まで戦ってきたどのボスエネミーとも違う。

まずＨＰゲージが確認できない。恐らくＨＰという概念自体はあるのだろうが、これではー体いつ倒せるのか、自分たちの攻撃がどの程度ダメージを与えているのかも分からない。

最も厄介なのは、カゲマサがプレイヤーと同じく思考する敵であるということだ。

特定のアルゴリズムパターンで行動する他のエネミーとは違い、こちらの動きをリアルタイムで分析し、常に予測を超えた動きで攻めてくる。

まるで別の生き物のように動く四本の腕と大太刀。

その動きは恐ろしく俊敏であり、一瞬でも気を抜こうものなら、次の瞬間にはバラバラに斬り刻まれてしまうのは明らかだ。

今までクロは多腕型のエネミーとは何度か戦ってきたが、このカゲマサは次元が違う。

このボスに比べれば、ここに来るまでの戦いはお遊戯みたいなものだ。

事実、多対一の状況であってもほぼ互角の攻防が続いている。

この均衡を崩すには、コンビネーションを最大限に発揮するしかない。

「ヒカリ！」

「はい！」

クロとヒカリは互いに《高速移動》を発動。呼吸を合わせながら、電光石火の連続攻撃を仕掛ける。

「――ほう」

しかし倍速以上で繰り出される斬撃を、カゲマサは容易《たやす》くいなした。

それどころか反撃で振るわれた大太刀が、クロとヒカリの身体を僅かに抉《えぐ》った。

だが攻防の最中に胴体付近に生じた僅かな隙を狙い、

「ぜえええええい！」

エリカがガントレットを高速回転させ、強烈なボディブローを叩《たた》き込《こ》んだ。

「思い切りはいい。だが――」

カゲマサはカウンターで、エリカの頭部に大太刀を振り下ろす。

が、その切っ先は半透明の小さな菱形《ひしがた》障壁によって弾かれた。後方で支援を担当しているミヤビが防御スキルを使ったのだ。

「なるほど、後ろに控える術師の娘も優秀だな」

「それはどうも。でもええんか？　足元がお留守やで」

ミヤビはデバフスキル《呪重陣《じゅじゅうじん》》を発動。

カゲマサの足元に五芒星が浮かび上がり、その身体に重力が圧《お》し掛かる。

その隙に左右から挟み込むように位置取りしたクロとヒカリが、追撃の攻撃スキルを発動した。

「《火遁《かとん》・炎龍斬《えんりゅうざん》》！」

「《雷遁《らいとん》・飛雷刃《ひらいじん》》！」

クロとヒカリは、それぞれの短刀から炎と雷の剣圧を放つ。

双方のスキルはカゲマサに直撃。激しい爆風が巻き起こる。

「――ふむ。ただの小鼠たちかと思ったが、存外食らいついてくるな」

黒煙と炎の奥からカゲマサが現れた。

どこか風格すら感じるその姿に、クロは呟く。

「あれだけやってもほぼ無傷か……ちょっと自信なくすわね……」

「でも、戦えてます。アタシたちならきっとやれますよ！」

「そうよ。攻撃が効かないなら、効くまで攻めて攻めて攻めまくるわ！」

「結局はゴリ押し戦法かいな。まあ分かりやすくてええけど」

ここまでの戦闘で、未《いま》だカゲマサに対して有効打は与えられていない。

無論、いくつか切り札はある。

だがまずは、カゲマサの動きを把握して隙を作らなくてはならない。

「みんなどう？　まだやれそう？」

「「もちろん！」」

クロはまったく集中力が落ちていないメンバーの表情と返事に安堵《あんど》する。

「いい気迫だ。であれば――」

カゲマサは大太刀を構え、腰を低く据えた。

なにか来る。そう感じて全員が身構えた瞬間――

「──《鎌鼬《かまいたち》》」

虚空に振るった四本の大太刀から真空の刃《やいば》が奔《はし》った。

予想を裏切る遠距離攻撃を、クロ、ヒカリ、エリカは辛うじて躱《かわ》し、ミヤビは結界を張って直撃を防いだ。

だがカゲマサの追撃は終わらない。

「《影縮地《かげしゅくち》》」

「ッ⁉」

ほんの一瞬で、カゲマサはクロの背後を取っていた。

首筋に振るわれる斬撃を、クロは反射的に身を屈《かが》めて紙一重で回避する。

(私が後ろを取られた⁉　でもどうやって⁉)

目を離さなかったにもかかわらず、まったく認識できなかった。

高速移動？　いや違う。今のはそれよりもっと速かった。

クロは前転から身体を捻《ひね》って体勢を立て直し、背後のカゲマサに向き直る。

だが既に二本の大太刀が頭上に迫っていた。

「──くッ⁉」

クロはどうにか大太刀を短刀で受け止める。

全身に圧し掛かる重い衝撃、クロの足元にクレーターが生じた。

もしもクロの武器が最高峰の耐久値を持つ《夜刀闇鴉《やとうやみがらす》》でなければ、刀身ごと身体を真っ二つにされていただろう。

「《雷刃装《らいじんそう》》」

つば競り合いの中、カゲマサの大太刀に雷が迸《ほとばし》り、それが刃を通じてクロの身体へと流し込まれた。

「ぐッ――」

ゼロ距離からの属性攻撃を受け、クロのHPが急激に減少していく。

「こいつ！」「師匠から離れろ！」

援護に駆け付けたエリカとヒカリが背後からカゲマサを急襲する。

だがカゲマサは残っている二振りの大太刀でその攻撃を受け止め――

「《獄炎刃《ごくえんじん》》」

「「ッ⁉」」

エリカとヒカリがカゲマサの刃に触れた瞬間、刀身が爆炎を吐いた。

爆風で二人は後方に大きく吹き飛ばされ、地面を転がる。

（こいつ、一体いくつ属性攻撃使えるの⁉）

未だ底が見えないカゲマサの手数にクロは驚愕する。

「どうした。威勢が良かったのは最初だけか？」

「くッ」

電撃による属性攻撃はまだ続いている。

早くカゲマサから離れないと——

「ッ！」

その時、なにかを察知したのか、カゲマサは突然クロから離れて距離を取った。

数瞬遅れて地面に五芒星が浮かび上がり、その場に重力が降り注いだ。

「ちッ。流石《さすが》に同じ手には引っ掛からんか……」

少し離れたところでミヤビが舌打ちをする。

《呪重陣》は不発に終わったが、お陰でクロは窮地を脱することができた。

クロはすぐに回復アイテムである飴玉《あめだま》を口に入れて、HPを全快させる。

直接的な近接戦闘だけならまだしも、ここまで初見の強力スキルを出されるとかなり厄介だ。

特にカゲマサが一瞬でクロの背後に回った《影縮地《かげしゅくち》》という技。あれは動きが速くなったというよりは瞬間移動に近かった。

もし自在に特定の位置へ移動できるとすればかなりの脅威だ。

しかしエネミーが使用する攻撃には、暗殺者のスキル同様にクールタイムが設けられている。故に連発はない。他のスキルも同様と考えていいだろう。

「ふぅ——」

クロは呼吸を整えて神経を集中させる。確かに瞬間移動は恐ろしいが、一度見て、来ると分かってさえいれば対応できる。

（ここから一気に畳みかける！）

だがクロが走り出したその時、カゲマサの動きに変化が起きた。

四振りの大太刀を胴の中央付近で交差している。

（あの動き……まさかッ⁉）

大抵の場合、ボスエネミーの挙動が変わる時は大規模な高威力攻撃を仕掛けてくる前兆だ。

クロは咄嗟《とっさ》に「全員回避！」と叫んだ。

だが――

「――《四界絶技《しかいぜつぎ》・阿頼耶識《あらやしき》》」

カゲマサの持つ四本の大太刀が同時に輝きを放った瞬間。説明不能な未知の現象が起こった。

フィールドの景色がモノクロに切り替わり、時間がほんの一瞬だけ静止する。

そして、カゲマサを中心に無数の斬撃が空間全体に絶え間なく広がり、四人の少女を無慈悲に呑《の》み込《こ》んだ。

◆□◆

「うぅ……」

床に倒れていたクロは、鉛のように重くなった身体をどうにか起こした。

全身には無数の切り傷が刻まれており、ＨＰは辛うじて一桁残っている。

「今のは……」

クロは自分たちの身になにが起こったのか推測する。

なにかしらの攻撃を受けたことは理解できた。

恐らくは回避不能、防御貫通効果のある超高威力範囲攻撃。

もし戦闘前にミヤビが施した即死耐性のバフがなければ、恐らく今の攻撃で全てが終わっていただろう。

しかし、ほんの僅かでもＨＰが残ったのは運が良かった。死んでさえいなければ手持ちの回復アイテムでＨＰは元に戻せる。

クロはストレージから最後の回復アイテムである飴玉を取り出して口に放り、奥歯で噛《か》み砕《くだ》く。

この状況でカゲマサがトドメを刺しにこないのは、恐らく大技を使用した後の硬直状態にあるからだろう。

ならば今の内に体勢を立て直さないと――

「みんなは……。――ッ⁉」

周囲を見回したクロは、背後の惨状に愕然《がくぜん》とした。

視線の先には無残に倒れる三人の姿があったからだ。

ＨＰは僅かに残っているようだが、ダメージエフェクトによって行動制限が掛かっているだろう。

「くッ」

クロは身体を引きずるようにして仲間たちの元へ駆け寄ろうとする。

だが――

「ほう、よもやあれを受けて生きているとはな」

「！」

蠟燭の火が揺れ、闇の中からカゲマサがゆっくりとこちらへ近づいてきた。

もう硬直が解けたのか。マズい。まだ三人ともまともに戦える状態じゃない。

「どうやら全員虫の息らしいな。引導を渡してやろう」

「…………」

満身創痍《そうい》の中、クロは背後の三人を庇《かば》うように短刀を構える。

（せめて、三人が回復するまでの時間を稼がないと……）

◆□◆

耳に鳴り響く剣戟《けんげき》の音を聞きながら、ヒカリは気絶状態から目を覚ました。

「師匠……？」

次第に明瞭になっていく視界に映ったのは、必死にカゲマサと刃を交えるクロの姿。

「くッ――」

ヒカリはすぐ加勢しようと身体を起こすが、ダメージエフェクトの影響で思うように動けない。

（まずは回復……いや、それよりも先にミヤビちゃんとエリカちゃんに合流して、みんなで師匠を助けに――）

だがそこでヒカリの思考が止まる。

――助けに行って、その後どうしたら？

今のヒカリではクロの助けどころか、足手まといにしかならない。

ミヤビやエリカも既に限界が近い。

対してカゲマサはまだ余力を残している。

それに全員を瀕死《ひんし》状態まで追い込んだあの技。

ヒカリはあの時、一瞬だけ《超感覚》が発動し、その影響でカゲマサが使用した技の正体を垣間見《かいまみ》た。

《四界絶技《しかいぜつぎ》・阿頼耶識《あらやしき》》――発動時、一定範囲内の対象に防御不可、回避不能の空間斬撃を浴びせるスキル。

《超感覚》状態のヒカリでも回避できなかったあの技をもう一度使われたら、その時こそ間違いなく全滅だ。

(なにか、なにか方法を考えなくちゃ……)

今クロが一人で戦っているのは、きっと自分たちが体勢を立て直す為の時間を稼いでくれているのだろう。

それはこんな絶望的な状況であっても、彼女がまだ攻略を諦めていない証拠だ。

これはゲーム。単なる遊び。

(だけど、師匠はいつだって真剣だった)

それはこのゲームで一緒に過ごしてきたヒカリが一番理解している。

だからこそ、クロの弟子である自分が諦めるわけにはいかない。

(なにか……作戦を考えなくちゃ——)

ヒカリはステータスやアイテムストレージを開いて、思考をフル回転させる。

今の自分にできることは考えることだ。

でも時間がない。いくらクロでも一人では長くは持たない。

「——ッ!」

その時、ストレージに入っていたとあるアイテムがヒカリの目に留まった。

「そうだ。これなら!」

そして、希望の光を見出《みいだ》した少女はウィンドウに手を伸ばす。

◆□◆

「うッ――」

カゲマサの斬撃を受け流しきれず、大太刀の切っ先がクロの脇腹を抉った。

せっかく回復させたＨＰとＡＰも、既に半分以上が失われている。

「どうした？　動きに先ほどまでのキレがないぞ？」

「くッ⁉」

クロは止《や》むことのないカゲマサの連撃を、どうにか防ぐだけで精一杯だった。

だがついに、反応できないほどの素早い斬撃がクロの首元に迫る。

しかし、すんでのところで桜がちりばめられた刀身が、振るわれた大太刀を受け止めた。

「ごめんなさい師匠、ちょっと遅くなりました」

「ヒカリ！」

「死に損ないが一匹増えたところで――ッ！」

直後、カゲマサはなにかを察知したのか、後方へと下がった。

そして上空からミヤビを抱えたエリカが着地する。

「悪いわね。死に損ない二号もいるわよ！」

「三号もな」

「みんな……」

駆けつけてくれた仲間の姿に、クロは心の底からこみ上げてくるものを感じた。

三人ともボロボロなのに、少しも諦めていない。まだ一緒に戦ってくれる。

「師匠、アイテムストレージにアタシたちからの贈り物があります。確認してください」

「え？　贈り物？」

「説明している暇はありません。アタシたちで時間を稼ぐので、後はそれでお願いします！」

「え、ちょっとヒカリ⁉」

クロの声に耳を貸さないまま、ヒカリはカゲマサへと向かっていった。

続いてミヤビとエリカも攻撃を開始する。

それを遠目で見据えながら、クロはひとまず言われた通り、メッセージアイコンをタッチした。

メッセージは全部で三通。内容はどれも同じで本文は無言。しかし、それぞれにヒカリ、ミヤビ、エリカからアイテムが一つずつ添付されていた。

「これって……」

そのアイテム名を見た瞬間、クロは全てを理解した。

確かに、これが今の絶体絶命な現状を打開できる唯一の方法かもしれない。

無論成功の保証はない。でも賭けてみる価値はある。

「……やってやろうじゃない」

そして少女の指先が、最後に残った希望の欠片へと触れる。

◆□◆

「……どうやら、限界のようだな」

倒れた三人の少女を見据えながら、カゲマサが呟いた。

どこか落胆したような声と共に、鎧武者は倒れたヒカリの傍《そば》へと歩み寄る。

そして、トドメを刺すべく大太刀を振り上げた。

「だがまあ、思っていたよりは楽しめたぞ。いずれまた、因果が廻《まわ》った時に挑んでくるがいい」

そうして切っ先をヒカリの首へと振り下ろした。

「――ッ⁉」

しかし、大太刀がヒカリの首を刎《は》ねることはなかった。

何故《なぜ》なら先ほどまで倒れていたヒカリの身体は、刀が振り下ろされる寸前で消えたからである。

「……往生際が悪いな」

言いながらカゲマサが振り返ると、その先にはヒカリを抱えたクロが立っていた。

ヒカリをゆっくりと床に降ろしたクロは、その綺麗《きれい》な金髪を優しく撫《な》でる。

「……師匠」

「ごめん。ちょっとアイテムの合成に時間が掛かっちゃった。だけどもう大丈夫、だから
ヒカリたちはちょっと休んでいて」

クロは立ち上がると、短刀の鞘《さや》をゆっくりと払った。

「大丈夫、みんなの気持ちはちゃんと受け取ったから」

クロはゆっくりと深呼吸をする。

そして――

「《真影覚醒《シャドウ・バースト》》」

◆□◆

ヒカリたちがクロに託したもの。
それは一度だけ他者に譲渡することができる《魂の欠片《かけら》》だった。
アップデート時に運営から配付された一つ。そしてヒカリ、ミヤビ、エリカの三人から
譲り受けた三つ。合わせて四つの欠片がクロに集まった。
そして四つを合わせることで、初めて使用することができる力こそが――

「《真影覚醒《シャドウ・バースト》》――」

システムコールを口にした瞬間、クロの背中から淡い紫色の粒子が噴き出した。

粒子は夜空に輝く星々のように煌《きら》めきながら、炎のように揺らめいて形を変え、幻想的な光の翼を形成していく。

同時に、クロの中には《真影覚醒《シャドウ・バースト》》に関するある情報が流れ込んできた。

《真影覚醒《シャドウ・バースト》》に秘められた機能。それは使用者の深層心理にアクセスし、唯一無二の『力』を作り出すこと。

そしてクロに与えられた翼《ちから》の名は――

「――《夜天月光《やてんげっこう》》」

自然と心に浮かんだその名を口にし、クロは刀を構える。

その背中を、光り輝く粒子の翼を、誰よりも近くで見ていたヒカリはただ一言、心を奪われたかのように呟く。

「綺麗……」

瞬間、クロの身体が一筋の閃光《せんこう》となった。

光の翼によって得た爆発的な加速力、その最高速度は通常の《高速移動》を遥《はる》かに凌《しの》ぎ、音さえも置き去りして、美しい軌跡を空間に刻んでいく。

「――ッ⁉」

そしてカゲマサはクロの圧倒的な速度に反応しきれず、右の脇腹を切り裂かれる。

「ぬうッ！」

反撃に振るわれた大太刀もクロを捉えることはできなかった。

ぶっつけ本番の新機能だが、これならイケる。

（技を出す暇も、防御をする暇も与えない！）

クロは圧倒的な速度による翻弄でカゲマサのＨＰを削り取っていく。

同時に闇鴉《やみがらす》の能力で自分のＨＰとＡＰを補充すれば――

「ッ⁉」

「おもしろい……」

しかしその時、クロの斬撃が受け止められた。

「よもや、こんな小娘に本気を出すことになろうとはな」

カゲマサの全身から赤黒いオーラが溢《あふ》れ出《だ》す。

合わせた刃から伝わる力が、急激に高まっていくのをクロは感じた。

ボスエネミーの中には、特定の条件下でモーションやステータスが変化する種類が存在する。

「でもここに来て能力強化とか、流石にチートすぎない？」

「それはお互い様だな。——ゆくぞ！」

そこからクロとカゲマサの戦いは限界を超えて加速した。

二つの閃光が幾重にもぶつかり合い、斬り結ばれる剣戟が無数の旋律を奏でる。

攻防はまったくの互角。

しかし、それではクロが勝つことはできない。

（《真影覚醒《シャドウ・バースト》》の制限時間は残り三十秒。その間に勝負を決めないと……）

負けたくない。せっかくみんなが自分に想《おも》いを託してくれたのだ。

（現実世界じゃ頼りない私を、みんなは信じてくれた。だから——）

みんなの期待に応えたい。

だから、負けるわけにはいかない。

しかし純粋な、文字通り手数の差で僅かにクロは押され始めている。

「どうした、太刀筋が急《せ》いているぞ！」

「くッ！」

ついに斬撃を受け流しきれず、クロの体勢が僅かに崩れる。

振り下ろされるカゲマサの刃。

ここまで来て、届かないのか。

（みんな、ごめん……！）

だがその時――

「師匠ぉ‼」


背後からヒカリの声がした。

クロは振り返らないまま、直感的に空いている左手を虚空に伸ばす。

そして、摑《つか》み取《と》る。

「なにッ⁉」

刹那。振り下ろされたカゲマサの大太刀が、甲高い金属音と共に弾かれた。

「ありがとう。ヒカリ」

微笑《ほほえ》むクロの左手にはヒカリの愛刀――《桜吹雪》が握られていた。

「ほう、二刀流か。面白い」

「そっちが四本なんだから、卑怯《ひきょう》だなんて言わないでよね」

「無論だ。来るがいい小娘、その託された希望ごと、斬り伏せてやろう」

「…………」

クロは柄《つか》に残る弟子の温《ぬく》もりを感じながら構えた。

《真影覚醒《シャドウ・バースト》》の発動時間は残り二十秒を切っている。ここで決めなければ、もう後がない。

だが不思議と、クロの心に焦りはなかった。


「なんでだろう。全然負ける気がしないや」


クロが前に踏みこむ。

同時に、カゲマサも必殺の奥義を発動した。

「《四界絶技《しかいぜつぎ》・阿頼耶識《あらやしき》》！」

それは先ほどクロたちを全滅に追い込んだ防御も回避も不可能な超広範囲攻撃。

空間全体に広がる死の斬撃を前に、それでもクロは歩みを止めない。

《真影覚醒《シャドウ・バースト》》発動中は全てのステータスが大幅に強化される。

しかしこの『全てのステータス』という枠組みは、なにも単純な能力値のみに限った話ではない。

《真影覚醒《シャドウ・バースト》》の強化対象は一部のスキルにも影響するのだ。

そして今、クロの持つＥＸスキル――《気配遮断【絶】》がさらなる進化を遂げる。

「《存在証明《レーゾンデートル》》」

膨大なAPを消費することで発動したスキルにより、クロの姿が一瞬だけ消えた。

それはクロの意識だけをその場に残し、アバターを構成しているデータを瞬間的に消滅させるスキル。

クロの存在が消えたことにより、攻撃対象を失ったカゲマサの空間斬撃は不発に終わる。

そして攻撃スキル発動後に生じた僅かな隙をクロは見逃さない。

「《桜花閃光《おうかせんこう》》」

クロが持つ弟子の愛刀が、刀身から眩い輝きを放つ。

光の海がカゲマサを包み──

「──《闇影必殺《シャドウブレイク》》」

二つの刃が織りなす必殺の斬撃が、カゲマサの身体を十字に斬り裂いた。

◆□◆

カゲマサの身体が、粒子となって消えていく。

死闘を繰り広げた鎧武者の最後を、クロたちはただ静かに見つめていた。

「実に見事であった」

消えゆく中で、カゲマサは四人の少女を見据えながら称賛の言葉を口にする。

「まさかたった四人の小娘に討たれることになろうとはな。だが、これ以上ないほど満たされた敗北であった。これでやっと――」

その言葉からは、先ほどまで抱いていた威圧感が消えていた。

「さらばだ。強き暗殺者たちよ」

その言葉を最後に、カゲマサの身体は完全に消滅した。

全身ボロボロになった少女たちは、お互いに視線を交わす。

そして同時に――


「「「「だぁ～」」」」


と、大きな声を出して背中から床へ倒れ込んだ。

「今回は本当に死ぬかと思ったわ……」

「そうですね～。本当はハイタッチでもして盛大にお祝いしたいですけど……」

「流石にもうそんな元気残ってないな～」

「…………」

「ん？　なんやエリカ。流石のあんたも喋れないくらい疲れたんか？」

「いや、そうじゃなくて――」

「「？」」

「相手が強すぎてロケットパンチを撃つ暇がなかった……それだけが心残りだわ……」

「「……ふっ」」

相変わらずなエリカの言葉を聞いて、クロ、ヒカリ、ミヤビは盛大に笑った。

当のエリカはなぜ笑われているのか分からないという顔をしている。

ひとしきり笑った後、クロは晴れやかな表情で呟いた。

「ありがとうみんな……」

「ん？　いきなりどうしたんですか師匠？」

「だって、今回は本当にみんながいないとクリアできなかったもん」

三人が《魂の欠片》を託して、時間を稼いでくれたからこそ、クロは《真影覚醒《シャドウ・バースト》》を使って勝利を収めることができた。

「でも仕方なかったとはいえ、本当に良かったの？　欠片は次いつドロップするかも分からないのに……」

「まあ、それに関しては……」

「クロちゃんが、ちゃ～んとうちらの欠片集めに付き合ってくれれば」

「なんの問題もないでしょ！」

順番に身体を起こして笑いかけてくる仲間たちを見て、クロもまた笑顔で言葉を返した。

「──それもそうね」

ゲームはこれからもまだまだ続く、みんなでやりたいことも、まだまだ沢山ある。

それが凄《すご》く楽しみで、なんだかとても嬉《うれ》しかった。

なんてことをクロが考えていると、

「わ！　ちょ、みんな!!　見てください！　凄いですよ周り！」

ヒカリが急に大声をあげた。

そして周囲を見渡したクロはその光景に思わず言葉を失う。

──光だ。いつの間にか、いくつもの美しい光子が大広間中に現れていた。

まるで夜空に輝く星々の大海にいるような光景が目の前に広がっている。

四人の少女はその美しさに目を奪われ、ただ言葉を失って眺めていた。

そして次第に輝きは部屋全体を満たし――

◆□◆

気が付くと、四人は焼け落ちた城の跡地にいた。

周囲には黒炭になった城の残骸が散らばり、空には雲一つない快晴が広がっている。

恐らく最初に来た時と同じ場所なのだろうが、今は随分と雰囲気が違っていた。

ややあって、四人の前にクエストのクリアを告げるウィンドウが表示された。

「は～、ようやく終わりですか。ぶっちゃけマ～ジでキツかったですけど。その分、達成感は凄いですね」

「予想通り、クレジットも仰山貰《もら》えたなぁ～。これならクランホーム買ってもお釣りがくるやろ」

「経験値も凄いじゃない！　しかも《魂の欠片》と新しいスキルまで！」

苦労に見合う報酬に三人はかなり喜んでいた。

そんな三人を微笑みながら見ていたクロは、

「…………あ、あのさ」

「「「ん？」」」

報酬確認の最中《さなか》、クロは密《ひそ》かに考えていたある提案を口にした。

「これクエスト終わったら言おうと思ってたんだけど……」

言いながらクロはオプションメニューを操作して、球体型カメラを手の上にのせた。

「とりあえず、みんなで記念写真撮らない？」

「「「撮る!!」」」

満場一致の返答。

「師匠、もっとアタシに寄ってください！　なんならハグもＯＫですよ！」

「とかいって、もう既に抱きついてきてるじゃない……」

「お～なんや、二人だけずるいな～ほなうちも！」

「ちょ、わたしのスペースも空けなさいよ！」

四人は身を寄せ合って、空中に浮いたカメラのレンズに視線を向ける。

シャッター音で切り取られたのは、お世辞にも綺麗な格好とはいえない、ボロボロな姿の少女たち。

だがその表情は、これ以上ないほど最高の笑顔だった。

三月十三日。土曜日。午後三時五十五分三十二秒。

新進気鋭の小規模クラン。《リアンシエル》は、難攻不落の混沌級クエストをクリアしたのだった。

◆□◆

混沌級クエストをクリアした翌日。

《リアンシエル》は、念願のクランホームを購入した。

場所はシャドアサでも比較的穏やかな《ルノア》という森林エリア。

森と湖に囲まれた静かな場所で、危険なエネミーはほとんど出現しない。

普段は過酷な戦いに明け暮れている為、ホームの場所くらいは静かな場所がいいという全員の意見が反映された結果だ。

ホームの外装は和洋折衷のバランスが絶妙な横長の二階建て。建造方式はメンバー全員が日本人ということもあり、落ち着きを重視して木造軸組構法を採用した。

部屋はキッチン付きのリビング、元々あった四人のマイルームを移植した自室、浴場にアイテム保管用の倉庫などがある。

まだ細かいインテリアグッズなどは購入していない為、若干殺風景感はあるが、それはこれから揃《そろ》えていけばいいだろう。

「わ〜ここがアタシたちのホームですか〜なんか感動です！　エモ〜！」

「確かに、大金払って買っただけのことはあるなぁ」

「ここ！　ここにホームシアター置きたい！」

ヒカリ、ミヤビ、エリカの三人はクランホームを大いに気に入ったようで歓喜の声をあげた。

「ねえみんな、ちょっと聞いて欲しいんだけどいいかな？」

クロは三人を集めると、アイテムストレージから三つの小さな鍵を出現させた。

「師匠、これって？」

「クランホームのクローンキー。マスターキーを持っているプレイヤーが作れる予備の鍵みたいなものね。これさえあれば、別に私の鍵を使わなくてもいつでもここに来られるの」

クロはクローンキーを三人に手渡すと、さらに言葉を続ける。

「ここはみんなの家だから、自由に使って欲しいの。疲れたり、寂しかったり、辛《つら》かったりしたり、なにかあったときはいつでも……」

その為にクロはクランホームを買おうと決めた。

――ここがみんなにとって、大切な場所になりますように。そう願いを込めて。

「師匠、実はアタシたちも師匠に渡したいものがあるんです」

「え？」

ヒカリは「ちょっと待ってくださいね」と、アイテムストレージからあるものを取り出した。

「はい師匠。これアタシたち三人から師匠へのサプライズプレゼントです！」

それは小さなホール型のケーキで、可愛らしいシュガープレートには『がんばれリーダー!!　これからもリアンシエルをよろしく!!』と書かれていた。

「ささやかながら、アタシたちから師匠への激励ケーキです！」

「それ、うちら三人で作ったんやで。まあエリカはあんまり役に立たんかったけど」

「ちょっと！　それどういう意味よ！」

「これ……みんなが、私の為に……？」

まったく予期していなかったプレゼントにクロの視界が自然と霞《かす》んだ。

「うぅ……ずるいよこんなの……反則だよ……チートだよぉ……」

人生で初めて友人たちから受けたサプライズ。それがあまりにも嬉しくて。うまく言葉が出てこなかった。

代わりにポロポロとクロの瞳から小さな雫《しずく》が零《こぼ》れ落《お》ちる。

自分が今までがんばってきたことは決して無駄ではなかった。

そして、それを認めてくれる人たちの存在がなによりも嬉しい。

「ありがとう……みんな……私、これからもがんばるから……」

そうしてクロが泣きながら食べたケーキは、ほんの少しだけしょっぱかった。

◆□◆

結局、《リアンシエル》のクランホーム購入記念パーティーは深夜まで続いた。

余ったクレジットを使って大量の食べ物や飲み物を買い、食べて、飲んで、笑って、とにかく騒ぎまくった。

そして遊び疲れた四人が向かった先は——


「「「「ふぅ～…………」」」」


クランホームの地下スペースに温泉を引いて造られた風情漂う木造の大浴場だった。

「まさかホームの中にこんな施設を造れるなんて、大金を出した甲斐《かい》があったわね」

「そうですねぇ～」

「ほんまにな～」

「染みるわね！」

この大浴場はホーム購入時に追加で購入したオプションルームだ。

ふと、どうでもいいことが気になったクロはエリカに言った。

「そういえばエリカって機械族《マシンナーズ》と人間のハーフなのに温泉とか入って大丈夫なの？」

「そんなもの気合と根性でどうにでもなるわ！」

「なるんだ……」

なるらしい。どうやらシャドアサのゲームシステムもそこまでシビアに設定されていないようだった。それに、こんな気持ちのいい温泉を種族の違いで堪能《たんのう》できないのは勿体《もったい》ない。

「なななあヒカリちゃん。ちょっと聞いてもええ？」

ヒカリの隣にやってきたミヤビはある部分に注目しながら尋ねた。

「ん～？　な～に～？」

「ヒカリちゃんの胸のサイズって、現実世界と同じなん？」

「あ～そうだね。大体一緒かな。最初は邪魔かな～と思って小さくしたんだけど、物凄《ものすご》く身体に違和感があったから戻したんだよね～」

「あ～うちもそのパターンやわ。なんやあったらあったで鬱陶しいけど、いざなくなるとバランス感覚おかしくなるんよな～」

「分っかる～でもゲームだと激しく動いても痛くないし、肩も凝らないし楽でいいよね～」

「それな～。後胸の下に汗もかかんし」

「それ！　あれマジで面倒だよね～」

なんか巨乳二人が未知の会話を繰り広げていた。

現実世界より胸を僅かに盛っているクロは自分の胸と、すぐ近くにいたエリカの胸を交互に見る。

現実世界で一度会ったから知っている。彼女が同志であることを。

クロはエリカの両肩に手を添え、慈愛に満ちた眼差《まなざ》しで語りかけた。

「ねえエリカ、私たちは私たちなりに強く生きていこうね……大丈夫、きっといつか奇跡が起こるから……。諦めずにがんばっていこう」

「なんの話？」

◆□◆

温泉からあがった四人は縁側に肩を並べて座り、夜風に当たりながら星を眺めていた。

都市部では中々見ることのできない満天の星空は、たとえ仮想であっても目を奪われずにはいられないほどの美しさだ。

戦ってばかりいるとつい忘れてしまいそうになるが、やはりこの世界はとても美しく作られている。

「師匠、次の目標はどうします？」

と、クロの隣に座るヒカリが唐突に言った。

「次の目標？」

「はい。クランホームも買えたことですし。次はなにを目標にするのかな～と」

「ん～そうね。とりあえずは全員が《真影覚醒《シャドウ・バースト》》を使えるようになることかな。そして今

よりもっとチームワークを磨いて。いつか《リアンシエル》を最強のクランにできたらな～なんて……。あ、勿論《もちろん》、みんながいいならだけど」

「そんなん、わざわざ聞かれるまでもないなぁ」

「そうよ！　どうせやるならとことんやってやろうじゃない！」

「だそうですよ師匠。勿論アタシはどこまで師匠と一緒です！」

「……ありがとう。それじゃあ、これからもよろしくね」

友人と過ごす静かで穏やかな時間。それは今までずっと一人だったクロにとって、決して手に入らないと思っていたものばかりだ。

あの夏、シャドアサを始めて本当によかったと心から思う。

そしてこれからもずっと、みんなと一緒に――そう願いを込めて、クロは仮想の夜空を見上げるのだった。

◆□◆

その日。カーネスはネオンライトに彩られた、近未来都市《ギアシティ》を訪れていた。

そして街の一角にひっそりと建つ古びたＢａｒに入り、カウンターでグラスを磨いていた老人ＮＰＣの横を通り過ぎる。

それからカウンターの裏側にはある扉を開け、地下へと続く階段を静かに降りていく。

ここはごく一部のユーザーしか存在を知らない隠しエリア。

一定のクレジットを店に支払い続けることで、自由に使用することができる。

階段を降りきると、赤いカーペットの敷かれた一本道が奥まで続いていた。

設定的には過去にあった大きな戦争時に造られたものらしい。

カーネスは扉の前に辿り着いた。

そしてドアを開けると、

「おう、やっときたかカーネス。ワシはもう待ちくたびれたぞ」


広間に置かれた縦長の黒いテーブルの奥には、一人の暗殺者が座っていた。

それは茶髪に赤いメッシュの入ったショートヘアに、鮫《さめ》のように鋭利な歯を覗《のぞ》かせた小柄な少女。

彼女は旗袍《チーパオ》と呼ばれるチャイナドレスに、装飾華美な軍服を肩に羽織っている。

顔立ちは愛らしいが、その鋭い眼差しは猛獣さながらだ。

少女の名はリュウフェイ。《武闘家《ファイター》》が多く所属する大型クラン——《王龍会《おうりゅうかい》》を率いるリーダーであり、エネミー討伐数ナンバー1を誇る暗殺者だ。

そして、シャドアサ内ではカーネスと肩を並べるほど名を馳《は》せた人物でもある。

「ご無沙汰しております老師」

「そうさな。こうして直接会うのは前々回のAKF以来じゃから、一年ほどぶりか」

「はい。そう言えば前回のAKFにはエントリーされておられなかったようですが、なにか理由でも？」

「ああ、実は可愛い孫の誕生日でな。一緒に遊園地に行っていたのじゃ」

「……左様で」

カーネスはテーブルの一角に置かれた椅子に腰かける。

「それで、今回私を呼び出した用件というのは一体なんでしょう？」

「ああ、実はちょっと紹介してほしい連中がいてな」

リュウフェイはウィンドウを操作し、一枚のスクリーンショットをカーネスに見せる。

それはシャドアサ最高難度の混沌級クエストを、たった四人の小規模クランが攻略したという記事だった。

そして、そこにはカーネスがよく知る暗殺者たちの名前が載っている。

「カーネスよ。聞くところによれば、お前はこの小童《こわっぱ》共と知り合いだそうじゃな」

「それがなにか？」

「なに、別に大したことではない」

リュウフェイはニヤリと笑い、頬杖《ほおづえ》をつきながらカーネスに言った。

「ただこの小童共をワシのクランに引き入れようと思っていてな」

「……一応理由をお伺いしても？」

「なにしろ混沌級クエストを攻略した連中じゃ。アレはちょいとばかし強い程度の連中がどうこうできる難易度ではない。それをクリアしたとなれば実力は折り紙つき。しかもその内二人は《ＡＫＦ》でお前を倒したらしいの」

リュウフェイは挑発するような笑みを浮かべながら言った。

しかしカーネスは特に動じないまま答える。

「確かに、彼女たちの実力については私も一目置いています。しかし結成して間もないクランをまるごと吸収しようとは、相変わらず強引な人ですね」

「ふむ。実は《魔女の夜宴《ワルプルギス》》も動き出しておるらしいからの。今後のことを考えて、力のある連中は早めに引き込んでおきたいのよ」

「なるほど……」

強さがものを言うシャドアサで、大型クランが戦力の増強を図るのは当然の流れだ。

最高難度クエストを攻略した暗殺者であれば、喉から手が出るほど欲しい人材だろう。

事実、カーネスも《ＡＫＦ》の決勝戦前にクロとヒカリを勧誘している。

「だがワシとて、知人の得物を断りもなしに横取りするほど浅ましいわけではない。お前とて、友人が敵対クランに入るのは気分が悪かろう？」

「……その義理立てには感謝しますが。生憎《あいにく》とそれは無用の気遣いです」

「なに？」

リュウフェイの視線が僅かに鋭くなる。しかしカーネスは特に気にせず続けた。

「まず断言できますが、彼女たちはあなたの勧誘を決して受け入れはしないでしょう。あの子たちはただ純粋に友人同士でゲームを楽しんでいるだけですから」

「…………」

カーネスの言葉を聞いたリュウフェイは少し意外そうな表情を浮かべて沈黙した。

だがすぐに、その口元を歪《ゆが》めると――

「ソイツは実におもしろいのぉ。ワシは他人の心を力ずくでヘシ折るのが大好きじゃからな。俄然《がぜん》ちょっかいをかけたくなってきたわい」

「……やれやれ」

変人には付き合いきれない。

カーネスは椅子から立ち上がると、ログアウトする為にウィンドウを操作する。

「なんじゃもう帰るのか？　せっかくじゃ、ワシと一戦交えていかんか？」

「申し訳ございません。この後現実世界で会議が入っておりますので。それはまた次の機会に」

「そうか。残念じゃのぉ～」

と、気が抜けた返事をしたのも束《つか》の間《ま》。リュウフェイは恐ろしく俊敏な動きでカーネスに肉薄。手刀を首筋へ突き出した。

「――お？」

だがリュウフェイの手刀を、カーネスは視線を動かすことなく片手で掴み取った。

「ここでの戦闘行為は無意味ですよ」

「いやなに、ちょっとしたお遊びじゃよ。気を悪くしてくれるな」

「………………」

「カーネスよ。ではワシがあの小童共に手を出しても構わんのだな」

「無意味な問いですね。どうせ私が駄目だと言っても手を出すでしょうに」

「はっはー！　それはそうじゃな！」

快活に笑いながらリュウフェイは腕を引いた。

「ではまたなカーネス。次会う時は楽しく殺し合うとしよう」

「そうですね」

短く答えた後、カーネスはログアウトボタンを押す指を寸前で止めた。

「――これは知人としての忠告なのですが」

「おん？」

「あまり、彼女たちを甘く見ない方がいい」

◆□◆

ログアウトした冬華《とうか》は《IMAGINARY《イマジナリー》》を外すと、座っていた椅子からゆっくり腰をあげた。

そして机に置いてあった携帯を手に取り、一枚の画像を表示する。

それは小夜から送られてきた一枚の写真。ボロボロになりながらも満面の笑みを浮かべる《リアンシエル》の面々が写っていた。

彼女たちがクランホームの購入資金を集めるべく、混沌級クエストに挑戦することは想定していたが、まさか本当に攻略してしまうとは。

「ふふ、でも不思議と悔しくはありませんね」

むしろ楽しみが増えたことが、冬華の心を高揚させた。

かつて一人の友人と戯れに作り上げたゲームが、ここまで自分を夢中にさせるものになるとは。


——あの子の言っていたとおり、人生というゲームはなにが起きるか分からない。

冬華は椅子を動かして窓の外に広がる快晴の空を眺めた。

シャドアサがリリースされてもうすぐ二年が経《た》つ。

それに《王龍会》が本格的に牙を研ぎ始めた。

そしてもう一つの大型クラン《魔女の夜宴《ワルプルギス》》にも怪しい動きがある。

今後、戦いはさらに激しさを増していくだろう。

「楽しみですね。またあの子たちと戦えるその日が――」

そして冬華は、この空の下にいる友人《ライバル》たちへ心の中で宣戦布告する。

あの世界で最強なのは自分だと、もう一度証明する為に。

「――ん？」

その時、冬華の携帯に着信が入る。

「ッ⁉」

画面に表示された名前に冬華は驚愕した。

すぐさま通話ボタンを押して耳にあてる。

すると冬華が言葉を発するよりも早く、若い女性の大声が響いてきた。

『やあやあ冬華！　久しぶりだね！　元気にしていたかい？　君の大親友、深鏡《みかがみ》リーナだよ～！』

その声は紛れもなく、冬華が大学時代に出会った友人。

シャドウ・アサシンズ・ワールドの創造者。

深鏡リーナであった。

「ちょっとリーナ！　あなた、一体今までどこでなにを――」

『いや～、突然で悪いんだが、ちょっと力を貸してくれないかい？』

——そして静かに、新たな物語が胎動を始める。

Epilogue

三月二十八日。京都府。

小鳥たちが仲睦《むつ》まじく囀《さえず》る快晴の昼下がり。宮子《みやこ》はとある一戸建の階段を上っていた。上った先、二階の奥にある部屋のドアには赤いクレヨンで『えりのへや』と書かれたプレートが掛かっている。

ミヤビは一度「はぁ……」と溜息《ためいき》を吐《つ》いてからドアを開け、

「英梨《えり》～そろそろ起きんと、映画に遅れるで～」

「んが？」

ノックもなしにドアを開けて入ってきた幼馴染《おさななじみ》によって、英梨は深い眠りから目を覚ました。

「おはよう宮子……今何時？」

「もう十一時や。あんたがどうしても見たいロボット映画があるいうから、わざわざ予定空けたんやで。ほらいつまでも寝ぼけてへんで、さっさと支度しいや！」

「……ガ～」

「二度寝すな！」

それから宮子はまだ目が覚め切っていない英梨を強引に洗面台へと連れていき、洗顔と歯磨きをさせた。

その後はクローゼットから外出用の服を選んで英梨に着せ、髪の毛をセットして身嗜《みだしな》みを整える。

「うんうん、流石《さすが》はうちや。これなら隣を歩かれても恥ずかしくないなぁ」

「……ん？　うわ！　いつの間にわたし服着替えたの⁉　まさか知らない内に変身能力に覚醒して……あいたッ⁉」

「アホなこと言っとらんで、ほら行くで！」

宮子は英梨の手を引いて赤星《あかほし》家を後にする。

「まったく、せっかくのお出かけやいうのに、序盤からこんなんじゃ先が思いやられるで」

映画館に向かう途中、宮子は嘆息しながらぼやいた。

しかし英梨はそんなことはどこ吹く風で、呑気《のんき》なトーンで話題を変える。

「そう言えば、小夜《さや》と明美《あけみ》も今日出かけるって言ってたわよね」

「ああ、なんや小夜ちゃんの服選びに行く言うとったな。ええなぁ～うちも小夜ちゃんをコーディネートしたかったわ～」

「別にそのうちできるんじゃない？　東京から京都なんて今時リニアレールですぐなんだし」

「まあ、それはそうやけど……あ、今度は二人を京都に誘うってのはどうやろ？」

「いいんじゃない？　もうすぐ春休みだし。わたしもまた二人に会いたいし」

「しゃあ！　そうと決まれば今日は二人が来た時に備えてデートプランを考えるで！　英梨もそれで文句ないな！　今日は夜まで帰さへんで！」

「はいはい。宮子の好きにしていいわよ～」

そんな感じの会話を続けながら、幼馴染二人は映画館へと向かうのだった。

◆□◆

同刻。東京都内にあるショッピングモールにて。

「ん～……これもいいな。いや、でもやっぱりこっちの方が……だけどそうすると、トップスとのバランスが取れない気がするし……う～ん……」

「ねえ明美、まだかかりそう？」

小夜は両手に持った衣服と睨《にら》み合《あ》いをしている明美に声をかけた。

ここは中規模なショッピングモール。その中にある、ちょっと有名な洋服店だ。

春休みシーズンということもあって、店内は多くの学生たちで賑《にぎ》わっている。

昨日、明美からメッセージアプリで『明日さ、一緒に洋服買いに行かない？』と誘われた小夜は、そう言えば以前服を選んでもらう（明美が選びたいと懇願してきた）約束があったことを思い出し、『別にいいけど』と特に考えることなく返事をした。

その結果——

「小夜っちの体型を考えると、フレッシュ系のAラインスカートとかも似合うよね。色は落ち着いたカラーがいいかな。あ、このニットとかいい感じに可愛《かわい》くなる気がするな～。ん～でもあっちのコットンパンツもいい！　え、ちょ、マ？　このブラウスも激カワなんだけど！」

こんな感じで、明美は店に着くなり目をキラキラと輝かせ、もうかれこれ小一時間ほど小夜に着せる服を選んでいる。

もしかすると、シャドアサで忍者をやっている時より素早い動きかもしれない。

因《ちな》みに、今の小夜は中学生の時から着ているカジュアルなワンピース。

明美はクールなデニムジャケットと台形スカートを合わせており、綺麗《きれい》系女子というよりは、どことなくイケメンな雰囲気を感じる組み合わせだった。

確かに今のままでは並んで歩くのも気が引けるので、現役のファッションモデル兼、デザイナー志望の明美が服を選んでくれるのはこの上なくありがたいのだが——

「あの、明美さん？　探してくれるのは嬉《うれ》しいんだけど……私はもっと普通の安い服で充分というか……」

「そんなのダメだよ！　女の子にはね、今この瞬間にしか着られない服があるの！　だって服はゲームで言う女子力を上げる装備なんだから！　安心して！　アタシが小夜っちを今世紀最高のオシャレ女子にしてあげるから！」

「あ……はい……」

まるで燃えるような明美の情熱に、小夜はそれからなにも言えなくなってしまった。

だが大変なのはむしろその後で――

「ど、どうかな……」

「きゃあああああ！　いい！　すっごくいい！　メッカワ！　超絶メッカワなんですけど！」

着替えた小夜が試着室のカーテンを開けると、明美が携帯でカメラを高速連写してきた。

完全になにかのスイッチが入っている。

「じゃあ次はこれね！　その次はこれとこれ！」

「はい……」

まるで弾丸が装填されるかのごとく明美から服の山を渡され、小夜は再び試着室のカーテンを閉める。

(まったく、これじゃあまるで着せ替え人形じゃない……)

そんなことを考えながら着替えていると、カーテン越しに明美が囁《ささや》いてきた。

「ねえ小夜っち」

「なに？　まだ着替え終わってないけど？」

「いや、そうじゃなくてさ。小夜っちは、その……アタシといて楽しい？」

「え、どうしたの急に？」

「だってほら、小夜っちは結構インドアでしょ。でもアタシは割とアクティブっていうか、結構友達を連れまわしちゃうところがあって……だから一緒にいて小夜っちが疲れてたりしないかな～って……」

「…………」

「だからもし嫌だったら……はっきり言ってくれると……」

「——ッ」

小夜はカーテンの隙間から手を伸ばして、すぐ近くにいた明美の腕を握った。

「そんなことない……ただその、私あんまりこういうの慣れてないだけで……楽しくないわけじゃないの……」

「……そっか」

「うん。だからそういう心配はしなくていいから……」

「分かった。ごめんね、変なこと言って。あとさ小夜っち……」

「なに？」

「ちょっと見えてる。隙間から……鏡越しに……」

「ッ⁉」

小夜が振り返ると、確かに鏡には下着姿の身体《からだ》が映っていて——

「そういうことはもっと早く言って！」

小夜は頬を真っ赤に染めながらカーテンを閉め切った。

「アハハ、ゴメンゴメン！　でもほら、アタシって一緒にお風呂に入ったし別に下着くらいね」

「そういうことじゃない！」

◆□◆

洋服店を出た二人はそのまま軽く食事をすることにした。

場所はモール内にあるフードコート。

そこにある適当な売店でクレープを購入して、空いていた円形のテーブル席へ座った。

明美の提案で写真を撮り、二人はクレープを頬張る。

結局あの後、小夜は明美が厳選してくれた服を何着か購入した——のだが。

「はぁ……分かってはいたけど、ちゃんとした服ってちゃんと高いのね……」

少しだけ愚痴をこぼしながら、小夜はクレープを口に運ぶ。

「《AKF》の賞金があって本当に助かったわ……」

「ちっちっち、甘いよ小夜っち。次はアクセサリーと化粧品見にいくんだから」

「まだ私の口座に追加ダメージを与えようと言うの⁉」

どうやら明美による『如月《きさらぎ》小夜改造計画』はまだ終わっていないらしい。

「あ、そうだ。さっき撮った小夜っちの写真、宮子ちゃんと英梨ちゃんにも送ってあげないと」

「それは流石に恥ずかしいからやめて！」

「え～だって二人とも楽しみにしてるんだよ～。その証拠に、さっきから個別メッセージで『写真まだ？』ってずっと聞いてくるし」

「どうしてリアルタイムで待ってるの⁉」

「ね～いいでしょう～二人にも見せてあげようよ～写真～」

「うぅ……じゃ、じゃあせめて顔に加工を……こう目元にモザイクをかけて……」

「ほい、送信」

「ああああああ⁉」

苦し紛れの提案も虚《むな》しく、無慈悲にも写真は送信されてしまった。

「あ、返事来た。英梨ちゃんが『可愛い‼』ってさ」

「そ、そう……お目汚しにならなくてよかったわ」

「因みに宮子ちゃんは『食べたい……』って言ってる」

「どういう感想よ……」

ゲームでも現実でも、あの女の子好きは平常運転のようだった。

「あ～あ、また二人とも会いたいな～」

「ゲームでいつも会ってるじゃない」

「そうだけど～現実世界でしかできないこともあるじゃん？　あ、そうだ。春休みにさ、二人で京都旅行に行かない？　二人も前アタシたちの優勝祝いに東京に来てくれたし。修学旅行の下見もできるし！」

「下見って、そういうのは普通先生がやることなんじゃ？」

「先生がいいなら生徒がやったっていいじゃん！」

強引な主張をする明美。どうやらどうしても京都に行きたいらしい。

「でも修学旅行か……そういえば中学生の時は影が薄すぎて帰りのバスに置いて行かれたっけ……」

「ちょ、アタシは大丈夫だから！　絶対そんなことしないから！　だから行こう！　ね？」

明美は両手を合わせて「このと～り！」とお願いしてくる。

確かに明美は小夜を普通に認識できるので置いて行かれる心配はないし、宮子や英梨とも、もっと仲良くなりたい。

そうすれば《リアンシエル》も今よりもっと強いクランになるはずだ。

「分かった。前向きに考えておくわ」

「やた～！」

こうしてまた一つ、楽しみなイベントの予定が増えることになった。

その後、小夜は予定通り明美に連れられてアクセサリーショップに来ていた。

どうやら小夜が最初の洋服店を高いと嘆いていたからか、今回は割とリーズナブルな価格設定をした店を選んでくれたらしい。

「こういうお店って意外と可愛いの多いんだよね～」

「確かに、種類も結構あるわね」

「あ、これとか良くない！」

明美が手に取ったのは小さな片翼の形をしたアクセサリーだった。

「アタシね。《千年城》であの翼を見た時からずっと綺麗だなって思ってたんだ」

「それって私の《真影覚醒《シャドウ・バースト》》――《夜天月光《やてんげっこう》》のこと？」

「うん。たぶんだけど、アタシが人生で今まで見てきた物の中で、一番綺麗だったと思う！」

「……大袈裟《おおげさ》よ」

あまりにもストレートに褒められたせいで、小夜は無性に気恥ずかしくなる。

しかしアクセサリーのデザインは確かに魅力的だった。サイズ的には携帯などに付ける感じらしい。

「値段もそこまで高くないし。私これ買おうかな」

「おお！　いいじゃん！」

「…………」

「ん？　どうしたの？」

「いや、その……」

小夜はアクセサリーを握りながら、鼓動が速まっている胸に当てる。

シャドアサのクロはどんどん強くなっているのに、現実の自分はまだまだ理想とは程遠い。

だから今日は、今日くらいは、成長した如月小夜を、自分《じぶん》に見せつけてやりたい。

「あ、あのさ明美……」

小夜は座り込んでアクセサリーを見る明美に声をかけた。

「ん？」と、明美が振り返る。

小夜はただその瞳を真《ま》っ直《す》ぐ見つめて、張り裂けそうな心臓の鼓動を感じながら、昔の自分なら決して言えなかった言葉を口にした。

「このアクセサリー。お……お揃《そろ》いの買わない？」

その言葉を聞いた明美は、本当に心の底から驚いたように目を見開いた。

そしてすぐ、ポッと頬を赤くして、花が咲いたような笑顔を浮かべ――

「うん！　うんうん！」

アクセサリーを手に取った明美は立ち上がると、小夜の手を強く握る。

「いいねお揃い！　アタシそういうの憧れてたんだ！」

「そ、そう……ならよかったけど」

そして二人は、お揃いのアクセサリーを手にレジへと向かった。

歩幅を合わせながら進む中で、明美がふと思いついたように言う。

「あ、そうだ。ねえ小夜っち、次はどこに行きたい？　連れまわしちゃった分、どこでも付き合っちゃうよ！　それこそ地獄の果てまでも！」

「ふふっ、なによそれ」

明美の冗談に頬を緩ませながら、小夜は次の行き先を考える。

映画館、水族館、動物園、遊園地、ゲームセンターなんかも行ってみたい。

だけど、小夜はただ一言こう答えることにした。

「どこでもいいかな」

「そっか！　アタシも！」

明美も笑顔で小夜に同意する。

そう、どこだっていいのだ。

たとえそれが、仮想でも現実でも。大切な人と一緒なら、どんな場所だって。

――だって、そこで紡がれる日常はきっと、大切で尊い、特別な物語《おもいで》になると思うから。

《シャドウ・アサシンズ・ワールド2　～影は薄いけど、最強忍者やってます～　了》

あとがき

空山《そらやま》トキです。どうにか無事に二巻を出すことができました。

全ては応援してくれた読者の皆様と、出版に際してご尽力くださった方々のお陰であります。

シャドアサは元々新人賞応募作なので、二巻の内容なんて私の頭の中にしかない妄想に過ぎませんでした。

それをこうして形にできたことは、本当に幸運なことであります。

どうかこれからも、シャドアサとキャラクターたちを温かく見守ってください。

コミカライズの方も月刊少年シリウスで大好評連載中ですので、是非ご一読を。


ここからは謝辞を述べさせていただきます。


編集担当の庄司《しょうじ》様。

一巻に引き続き、丁寧で的確なアドバイス本当にありがとうございました。

編集長という激務をこなしながら、多くの作品を担当されているのは本当に凄いと思います。どうか今後とも、ご指導ご鞭撻のほどよろしくお願いいたします。

イラストの伍長《ごちょう》様。

今回も素敵なイラストを沢山描いてくださり、作者としても、いちファンとしても、本当に幸せでした。

相変わらずセンス抜群。新キャラもみんな可愛くて大好きです。

コミカライズを担当してくださっている作画の五色安未《ごしきあみ》様、構成の泉乃《いずみの》せん様。

ネームと原稿を見る度に、一人でテンション上がっております。

これからも、私と読者の皆様を夢中にさせてくれる漫画を楽しみにしております。

そして今回も出版に際しまして、多くの方々にご尽力いただきました。

少しずつでも皆様にご恩を返せるよう、がんばっていきたいと思います。

それではまた、次の物語でお会いしましょう。

明美による着せ替え
小夜ちゃん！
伍長

shadow assassins world

シャドウ・アサシンズ・ワールド

～影は薄いけど、最強忍者やってます～

［漫画］五色安未 ［構成］泉乃せん ［原作］空山トキ ［キャラクター原案］伍長

コミックス1巻
好評発売中!!!
月刊少年シリウスにて
コミカライズ好評連載中!

講談社ラノベ文庫

シャドウ・アサシンズ・ワールド2
～影《かげ》は薄《うす》いけど、最強《さいきょう》忍者《にんじゃ》やってます～

空山《そらやま》トキ

2025年2月26日第1刷発行

発行者	安永尚人
発行所	株式会社　講談社 〒112-8001 東京都文京区音羽2-12-21
電話	出版　(03)5395-3715 販売　(03)5395-3608 業務　(03)5395-3603
デザイン	たにごめかぶと(ムシカゴグラフィクス)
本文データ制作	講談社デジタル製作
印刷所	株式会社ＫＰＳプロダクツ
製本所	株式会社フォーネット社

KODANSHA

ISBN978-4-06-538600-2　N.D.C.913　295p　15㎝
定価はカバーに表示してあります

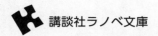